작사가의 노트

일러두기

- 이 책의 표기는 국립국어원 표준국어대사전을 따랐습니다. 단 전문 용어는 업계에서 쓰는 표현대로 기록했습니다.

- 가사 역시 현실적인 표현을 위해 실제 사용하는 일상어의 발음을 그대로 따른 작사가의 표현대로 기록했습니다.

작사가의 노트

심현보 지음

일상이 노래가 되는 마법 같은 이야기

살림

목차

PART 4 나만의 가사 쓰기 팁과 가벼운 기법들

심현보라는 작사가를 만나지 않았다면 내 멜로디에 계속 생명이 있었을까 싶을 정도로 나에게는 그와의 만남이 소중했다. 그동안 함께 작업했던 많은 곡들과 그 작업의 과정 속에서 나누었던 가사에 관한 이야기들은 나에게도 늘 좋은 경험이었다. 이제 그런 심현보가 그만의 작사법과 가사들로 독자들과 만나려나 보다. 이 책을 통해 심현보라는 작사가의 섬세한 가사들과 따뜻한 감성의 온도를 오롯이 느끼게 될 것이라 믿는다.

_ 신승훈(가수)

나도 노랫말을 쓴다. 하지만 작사가는 되지 못했다. 심현보도 노랫말을 쓴다. 하지만 그는 작사가다. 그것도 진짜 작사가. 이 책을 다 읽은 후 어쩌면 독자들 모두가 작사로 나를 표현하고, 작사로 말하고픈 새로운 목표를 갖게 될지도 모르겠다. 이 책이 그 시작이 될지도 모른다.

_ 김현철(가수, 디제이)

그의 글은 멜로디 위에 이야기를 만들어낸다. 때로는 아프고 때로는 아름다운 그의 가사들이 나는 늘 좋다. 작사가로서 심현보는 말한다. 작사가는 글과 음악 사이의 어딘가에서 '불리고 들려지는 글'을 쓴다고. 내가 아는 심현보는 그 '사이'에 서는 데 탁월하다. 그가 그동안 써온 가사들을 하나씩 듣고 읽다 보면 치열한 대중가요 세계에서 오랜 기간 살아남을 수밖에 없는 섬세한 감성과 기민한 감각을 엿볼 수 있다. 독자들만큼이나 나도 이 책이 반갑다.

_성시경(가수)

심현보 작사가님의 가사는 사랑을 해본 사람들이라면 누구나 공감할 만한 상황들을 섬세한 감정과 글로 그려내어, 가만히 눈을 감고 듣고 있으면 마음 어딘가가 따끔거리거나 간지러운 기분이 들게 한다. 감정과 표현이란 부분에서 조금씩 성장하고 있는 나에게는, 이 책이 봄날의 햇살 같은, 겨울의 라테 같은 좋은 친구가 되어줄 것 같다.

_김세정(가수. 구구단)

부드럽고 따뜻한 심현보의 눈으로 바라본 세상과 그의 가사들.『작사가의 노트』를 읽고 그가 말하는 작사의 기법뿐만 아니라, 심현보만의 따뜻한 감성, 그리고 사람을 아름답게 바라보는 시선을 느껴보길 바란다.

_ 송은이(개그맨)

「언니네 라디오」를 진행하면서 가장 기억에 남는 코너는 심현보와 함께한 '현보의 벤치'였다. 그의 주옥같은 가사들과 심현보만의 가사 분석, 그리고 그 느낌의 전달이 아직도 감동으로 남아 있다. 지금은 그 코너를 만날 수 없지만 이제 이 책이 대신해줄 것 같다. 궁금했던 작사가의 세계에 대한 '비밀'이 담겨 있는 책! 심현보 가사의 품격은 누가 뭐래도 '보장'할 수 있다.

_ 김숙(개그맨)

사랑을 말하던 내 입술 끝엔
아직 니 이름이 묻어 있는데
다 괜찮아질 거라 수없이 되뇌어도
입안 가득 그리움만 퍼져

이별을 맛본다

글과 음악 사이의 어디에선가

글과 음악 사이. 나는 내가 늘 그 사이 어딘가에 속해 있다고 생각했다. 대중음악이라는 커다란 시스템 안에서 작사가로, 작곡가로, 그리고 싱어송라이터*Singer-songwriter*로 15년 넘게 일해왔지만, 여전히 글과 음악 사이에서 단단하고 견고하게 균형을 잡는 일은 처음 하는 것처럼 마냥 어렵다. 그런 어려움 속에서도 이렇게 원하는 일들을 계속하며 살아갈 수 있다는 건 언제나 고마운 일이다.

생각해보면 나는 늘 경계에 서 있는 것들에 매료됐던 것 같다.

아름답지만 아픈 것들, 행복하지만 두려운 일들, 따뜻하면서도 차가운 말들과 달콤하면서도 쓰디쓴 기억들.

사랑과 이별이 그렇고, 사람과 삶이 그렇다.

봄과 여름 사이, 가을과 겨울 사이. 사랑과 이별 사이, 사람과 사람 사이. 모호하지만 미묘하고 섬세한 그 변화들이, 늘 신기하고 좋았다.

가사를 쓰는 것도 결국엔 경계에 서는 일이다. 예술이지만 산업이고, 혼자 하는 작업이지만 커다란 시스템에 속해 있다. 글이면서 음악이고, 내 것인 동시에 내 것이 아니다.

가사는 영향력 있는 대중예술이나, 대중음악이라는 산업의 일부이기도 하다. 쉽게 말해 팔리지 않는 가사를 쓰는 사람은 살아남기 힘들다는 이야기다. 어딘가에서 의뢰를 받아서 혼자 해결하고, 완성하면 되는 일이지만 제작사의 기획 의도와 완성까지의 기한, A&R이나 작곡가 등 클라이언트와의 관계 유지가 무엇보다 중요한 시스템의 일부이기도 하다.

의뢰가 없으면, 작업도 없다.

또한 가사는 글이지만 읽기 위해 존재하는 글이 아니다. 멜로디 위에 존재하며 목소리를 통해 노래로 들려진다.(물론 읽기에도 좋다면 더할 나위 없겠지만) 게다가 내가 쓰는 글이지만 엄밀히 말하면 내 것이 아니다. 내 글을 빛내려는 의도로 쓰는 게 아니라 가수와 노래를 빛내기 위해 쓰는 글이라는 이야기다.

많은 사람이 작사가라는 직업군을 궁금해하고, 작사가가 되고 싶어 한다. 사실 작사가는 모두가 쉽게 상상하듯 그렇게 감성적이고 낭만적인 직업군이 아니다. 어느 분야보다 치열하고 트렌드에 민감하며, 빠르게 변화하는 살얼음판 같은 곳이다. 도태되지 않기 위해 부단히 노력해야 하는 감성의 최전선 같은 곳이다.

언어와 단어, 그리고 감성을 무기로 매일매일 자신의 능력을 증명해야 하는 곳, 바로 그곳에 작사가라는 직업이 존재한다.

사실 작사법에 관련된 책을 만들어보자는 의뢰는 예전부터 꾸준히 있었다. 그동안 고민 끝에 결국 고사했던 이유는 가사를 쓰는 데 분명한 기법 같은 건 없다고 생각했기 때문이기도 하고, 나 자신도 아직 정돈되지 않았다고 생각한 부분이 많았기 때문이기도 하다.

나는 여전히 작사에 분명한 기법 같은 게 있다고는 생각하지 않는다. 그저 꾸준히 쓰고 고치며, 작품 수를 쌓아가고 자신의 스타일을 만들어 가면 된다. 그게 가사를 잘 쓰게 되는 유일하고도 분명한 길이라고 믿는다.

다만 내가 15년 넘게 이 일을 하며 알게 된 것들을 잘 정리해놓는다면, 길을 찾는 사람들에게 아주 작은 도움 정도는 될지도 모른다는 생각에 이 책을 쓰기 시작했다.

본론으로 들어가기 전에 꼭 말해두고 싶은 점은 이 책에 정리해놓은 작사법들은 온전히 내 방식이라는 것이다. 작사의 정석도 아니고, 그렇다고 작사의 기본기도 아니다. 그냥 '심현보 스타일'의 작사법일 뿐이다. 그런 이유로 여기서는 다른 작사가의 작품들은 전혀 거론하지 않았다. 혹시라도 다르게 해석해서 그 작품들에 누가 될 수도 있을 테니 말이다.

대중음악산업 전반에 대한 기본적인 이해는 작사가에게 꼭 필요한 부분이다. 그러나 업계 밖에서는 가늠하기 어려운 부분이 많기 때문에 작사법들과 함께 잘 전달하고자 노력했다.

마지막으로 필사에 해당하는 부분은 기존의 내가 쓴 가사들로만 구성했다. 나 역시 작사가 지망생이었을 시절, 박주연이나 들국화, 혹은 어떤날의 가사를 노트에 빼곡히 필사해보곤 했는데, 따라 쓰면서 몸에 익는 표현이나 문체 등이 분명히 있었기 때문이다.

꽤 오랜 시간 작사가로 일하고 있지만 요즘도 작업해야 하는 데모곡을 처음 듣는 순간은 늘 설레고 두근거린다.

작사가는 그런 일이다.

아직 존재하지 않는 이야기를 만들어 내는 일, 그 이야기로 사람들의 마음을 움직이는 일.

그 일에 매료돼 나도 여전히 단어와 단어 사이를, 문장과 문장 사이를, 감정과 감정 사이를 부지런히 오가며 만져보고 관찰하며 궁리하기를 거듭하고 있다.

모자라고 미흡한 글이지만 이 책으로 누군가가 작사가라는 꿈에 1센티미터라도 다가갈 수 있다면 좋겠다. 만약 1센티미터라도 가까워졌다면 당신은 이미 이쪽에 속한 게 되는 것이니까.

꿈은 한 번에 이루어지는 게 아니라 쉼 없이 가까워지는 거니까.

심현보

PART 1

작사가가 된다는 것

#01
그렇게 나는
작사가가 되었다

생각해보니 나는 되고 싶은 게 많았다. 꿈이라고 말해도 좋고 소망이라고 말해도 좋을 그것들은 대부분 다 음악이나 글과 관련된 일이었다. 그저 무언가를 끼적이거나 음악을 듣는 일이 좋았나 보다. 어떤날과 빛과 소금의 음악을 들으며 스튜디오 듀오나 밴드를 꿈꿨고, 김현철과 유재하의 음악을 들으며 싱어송라이터나 작곡가의 세계를 궁금해했다. 그리고 박주연의 가사를 보고 감탄하면서 상업 작사가의 매력에 빠져들었다. 관심과 궁금증은 자연스레 나를 그 세계의 언저리로 이끌었고 '유재하 음악경연대회'(지금으로 치면 일종의 오디션이라 할 수 있겠다) 참가를 계기로 어렴풋이 음악을 하기로 마음먹었던 것 같다.

시작은 밴드였다. 틈틈이 만든 곡과 가사로 데모곡을 만들어 온갖 음반기획사를 찾아다녔다. 지금처럼 검색엔진이나 포털 사이트 같은 게 일반적이지 않았던 그때, 참 어렵게 주소나 연락처를 알아내서는 연락하거나 무작정 찾아가기를 반복했던 걸 보면 아마도 꽤 절실했던 것 같다.

연락을 돌린 회사 대부분이 나를 거절했지만 지치지 않고 줄기차게 노크하던 내게, 조그마한 음반기획사에서 답을 해줬다. 나는 그 당시 베이시스라는 팀(정재형이 이 팀의 멤버였다)이 소속된 그 회사 작업실에서, 거의 매일 곡을 쓰고 편곡하며 가사를 쓰는 소위 '연습생' 시절을 보냈다. 모던 록 밴드로 데뷔하기 위해 다른 멤버를 구하고, 한창 작업 중이었는데 기회는 밴드 데뷔가 아니라 가사 쪽에서 더 빨리 찾아왔다. 오가며 내 곡과 가사를 듣고 보던 소속사 대표가 베이시스의 새 앨범에 가사를 써보지 않겠냐고 제안한 것이다. 나는 무슨 자신감이었는지 냉큼 "해볼게요"라고 대답했고 베이시스의 2집 앨범에 몇 편의 가사를 쓰면서 상업 작사가로서의 첫 일을 시작했다. 종종 그때 그 앨범의 가사들을 보면 얼굴이 조금 화끈거린다. 지금도 여전히 부족하지만 더 부족했던 시작. 멜로디를 아우르지 못하는 글이 군데군데 겉돌고 치기 어린 표현들이 여기저기 걸리적거린다. 그래도 그 기회가 나를 가사 쓰는 일에 빠져들게 했으니, 좀 모자랐던 그 가사들에 늘 감사하는 마음이다.

그 후 아일랜드라는 밴드로 데뷔하고 앨범을 냈지만 사실 소수의 마니아를 만들었을 뿐이지 상업적으로 큰 성공을 거두지 못했다. 그러다 정재형의 앨범 중 세상의 모든 이별(지금 생각해도 이 곡은 멜로디가 너무 좋다)이라는 곡의 가사를 쓰게 됐는데 이 가사가 작사가로서 내 삶에 작은 전환점이 되었다. 이 곡을 들은 신승훈이 한낱 신인 작사가인 나를 수소문했고, 정재형을 통해 연락해서 결국 만나게 됐으니 말이다. 아무리 생각해도 신기한 일이고, 아무리 생각해도 고마운 일이다.

작사가로서의 두 번째 클라이언트가 무려 신승훈이었다니. 처음 만난 날 그가 내 가사에 관해서 해준 이야기들을 지금도 잊지 못한다. "난 특히 그 부분이 좋던데?"라며 세상의 모든 이별의 가사 한 소절을 말할 때, 나는 무슨 마법에 빠져드는 기분이 들었던 것 같다.

신승훈의 첫 데모곡를 들으며 정말이지 두근거렸고 긴장됐으며, 한편으론 불안했던 기억도 난다. 간절했던 진짜 기회 앞에서 사람은 늘 두려운 법이니까. 찾아온 기회를 잡을 수 있는 사람도 한 번에 날려버릴 수 있는 사람도 자기 자신이라는 걸 너무 잘 아니까.

어쨌든 나는 여러 차례의 작업과 수정 등 우여곡절 끝에 신승훈의 앨범에 작사가로 이름을 올려놓게 됐다. 그 후로도 지금까지 신승훈과는 작업도 꾸준히 같이하고 가끔씩 술도 한잔하며 가사 이야기도 나눈다. 어쩌면 작사가로서 나는 정말 운이 좋았다고 말할 수 있다. 아직 햇병아리였던 시절 주위에 고마운 사람들이 좋은 기회를 만들어주었고, 가능성을 알아봐 주었으니 말이다.

이후 몇 번의 가사 작업은 다음 일로 자연스럽게 이어지게 됐고 그렇게 나는 조금씩 상업 작사가의 길로 나아갔다.

가끔 이런 질문을 받는다.

"작사가는 어떻게 하면 할 수 있어요?"

"작사가가 되고 싶은데 방법을 모르겠어요."

정말 미안하지만 나에게도 작사가가 되는 '정확한 방법' 같은 건 없다. 다만 꾸준히 써서 자신의 작품을 어느 정도 마음에 드는 수준까지 올려놓을 것(늘 부족하게 느껴지는 게 당연하겠지만)과 그 작품들을 들고 용기 내어 사람들을 찾아가 만날 것. 이 두 가지가 내가 말해줄 수 있는 방법의 전부다.

모든 일이 그렇듯 나머지 부분이 어떤 연쇄반응을 일으켜서 나를 어디로 데려갈지는 나 역시도 가늠할 수 없는 일들이었으니 말이다.

개인적으로 좋아하는 김연수 작가의 『우리가 보낸 순간: 소설』에서 이런 글을 본 적이 있다.

'그러므로 쓰라. 재능으로 쓰지 말고 재능이 생길 때까지 쓰라.'

공감하고, 동의한다.

내가 작사가가 된 과정도 이 말과 다르지 않았다고 생각한다. 나는 그냥 음악이 하고 싶었고, 그걸 위해 곡과 가사를 꾸준히 썼으며, 용기 내어 사람들을 찾아가서 만났다. 정말 원하던 밴드는 큰 성과를 거두지 못했지만, 어쩌면 그 밴드 덕분에 소망하던 가사를 쓸 수 있게 됐을 것이다.

그 뒤로 나는 작사가와 작곡가, 그리고 싱어송라이터라는, 음악과 관련된 일들을 오가며 15년 넘게 창작자이자 뮤지션으로 살아가고 있다. 어느 분야나 마찬가지겠지만 치열한 대중음악업계에서 꽤 오랫동안 꿈꾸던 일을 계속하며 살아가고 있다는 건 참으로 행운이라고 생각한다. 행운이라는 건 어쩌면, 어느 날 갑자기 툭 하고 떨어진다기보다는 할 수 있는 걸 꾸준히 해나가다 보면 천천히 가까워지는 게 아닌가 싶다. 나에겐 음악이 그랬고, 가사 쓰는 일이 그랬다.

흔히 사람들에게 작사가 하면 떠오르는 이미지 중 하나를 고르라고
한다면, 아마도 '감성적인 문인'의 모습을 제일 많이 고르지 않을까
싶다. 실제로 많은 사람이 작사가를 시인이나 소설가처럼 글을 쓰는
사람으로 인지하는 것 같으니 말이다. 이건 한편으로는 맞고 또 한
편으로는 틀리다.

작사가는 글을 쓰는 사람인 건 맞지만, 멜로디 위에 글을 쓰는 사
람이다. 읽히는 글이라기보다는 불리고, 들리는 글을 쓴다. 좀 더 엄
밀히 말하면 노래를 빛낼 수 있는 글을 써야 하는 사람이다. 물론 글
로도 훌륭해야겠지만, 작사가가 한 편의 가사를 완성하기 위해서 고
려해야 할 것은 그 밖에도 매우 다양하다. 예컨대 제작사 혹은 프로
듀서의 기획 의도나 작곡가가 만든 멜로디와의 조화, 그 노래를 부
를 가수가 가지고 있는 이미지나 목소리와의 밸런스 등 말이다.

게다가 상업 작사가는 대중가요라는 커다란 시스템 안에서 중요

한 파트를 담당하고 있는 시스템의 일원이기도 하다. 창작자의 임무를 수행하는 건 분명하나 화가나 시인 같은 완전한 의미의 순수 창작자는 아니다. 상업 작사가는 한 곡의 음악이나 하나의 앨범이 기획되고 완성되기까지의 일련의 과정과 시스템 안에 속해 있으며, 그렇기 때문에 대중음악산업 전반에 대한 어느 정도의 관심과 이해가 필요하기도 하다. 작곡가와 가수, 프로듀서와 제작사 사이에서 끊임없이 의도를 파악하고 의견을 교환하는 일이 글을 잘 쓰는 것만큼이나 중요하기 때문이다.

아주 쉽고 단순하게 생각하면 작사가의 작업 과정은 너무도 간단하다. 작업 의뢰를 받고 가사를 쓰면 끝이다. 여기까지만 놓고 보면 '뭐야? 너무 쉽잖아?'라고 생각할 수도 있다. 자 그럼 여기서 이 '간단'한 작업 과정을 좀 풀어놓아 보자.

작업 의뢰는 어디서 받는가. 작곡가이거나 가수, 프로듀서이거나 제작사(A&R)다. 이들이 작사가의 클라이언트라는 이야기다. 이들에게서 작업 의뢰가 들어와야 직업으로서 작사가의 일이 시작된다고 할 수 있다. 그러니 이들과 관계를 형성하고 신뢰를 구축하며 성향을 파악하는 일이야말로 상업 작사가에게 글을 쓰는 일만큼이나 중요할 수도 있다.

다음으로는 의뢰받은 데모곡을 들으며 가사를 쓰면 된다. 그런데 가사는 언제까지 써야 할까? 그냥 컨디션 좋을 때, 소위 말하는 '그분이 오실 때'까지 하염없이 쓰면 될까? 전혀 아니다. 상업 작사가의 중요한 능력치 중 하나는 '얼마나 빨리 쓸 수 있는가'일 때가 제법 많기 때문이다. 앨범 단위가 아닌 싱글 단위의 발표가 일반적인 요즘은 음원의 제작 기한이 더 짧아져서 빨리 작업하고, 빨리 마케팅해야 하는 경우가 상당히 많다. 나도 하루 만에 가사를 써야 하는 일이 심심치 않게 있었다. 이렇게 촉박한 작업 시간 내에 얼마나 빨리 곡의 분위기를 파악하고 아이디어를 구체화하느냐가 관건일 때, 바로 그때 작사가의 능력 차가 드러난다고 생각한다.

그렇다면 빨리만 쓰면 되는가. 당연히 아니다. '잘' 써야 한다. 게다가 요즘처럼 한 곡의 가사를 여러 명이 동시에 쓰는 경쟁 PT 형태의 작업 구조라면 더더군다나 그렇다.

가사를 잘 쓰기 위해서는 가장 먼저 제작사나 작곡가 혹은 프로듀서나 가수의 의도를 잘 파악해야 한다. 클라이언트가 아무런 요구도 하지 않는다면 데모곡을 듣고 작사가가 알아서 이미지를 파악해서 아이디어로 구체화하는 형태로 가사를 써나가면 된다. 그게 아니라면 고려해야 할 모든 사항을 하나하나 신중히 생각해서 내 가사가 컨펌(픽스)될 수 있는 가능성이 높은 쪽으로 생각을 구체화해야 한다. 최종적으로 선택받을 수 있도록 '작전'을 잘 짜야 한다는 말이다.

가수의 성별과 나이, 솔로인가 팀인가 등을 고려해야 하고, 발라드나 댄스 등 장르에 따라서도 아이디어가 달라져야 한다. 그 가수의 전작이 어떤 내용의 가사였는지도 파악해야 하며, 연장선상에서 가사를 쓸 것인지 아니면 새로운 이미지를 만드는 모험을 해야 할지도 판단해야 한다. 곡을 부를 사람의 목소리 톤과 발음의 색깔, 외모와 말투까지 고려해서 신중하게 가사의 화법을 정해야 한다. 또 계절감이나 트렌드까지도 염두에 둬야 하는 건 물론이다.

이쯤 되니 의뢰를 받고 가사를 쓰는 단순한 과정이 꽤 복잡하게 느껴지지만, 아직 빙산의 일각에 불과하다. 이렇게 어렵고 매우 곤란한 작업 과정을 거치고도 수없이 많은 '까임'의 단계, 즉 가사가 채택되지 않는 일을 견뎌내야 한다. 그런데 이 과정을 거쳐서 마침내 작사가 데뷔의 꿈을 이뤄냈다면 과연 거기가 골인 지점일까? 내 대답은 "아니오"다.

여기서 현실적인 이야기를 좀 하자. 직업으로서 작사가의 주된 수입은 저작권료인데, 이 저작권료란 녀석이 그리 호락호락하지가 않다.

방송이나 매체를 통해 히트 메이커인 작사·작곡가들의 저작권 수입이 알려지면 제법 화제가 되기도 했다. 그런데 현실적으로 그 정도의 수입을 올리는 창작자들은 그리 많지 않다. 저작권료라는 것이 작품 수가 어느 정도 쌓이거나 누구나 알 만한 빅 히트곡이 생겨야 의미 있는 수준의 수입으로 자리매김하기 때문이다. 타이틀곡이 아니라 그냥 앨범의 수록곡 정도여서 많이 들리지 않는 곡이거나, 타이틀곡이라 해도 인지도 낮은 신인의 흥행하지 못한 곡이라면 사실 작사가로서 데뷔라는 꿈을 이뤘다고는 해도, 저작권 수입이 정말 미미할 것이다. 나도 처음 한두 곡의 작품을 발표하고 난 뒤 저작권 수입이 한 달에 몇만 원 수준을 왔다 갔다 했던 기억이 난다. 처음 한두 해는 평범한 직장인의 월급 정도가 내 연봉이었으니 말이다.

이게 다가 아니다. 데뷔했다고 해서 다음 작품 의뢰가 바로 들어오리라는 보장은 어디에도 없다. 작사가 대부분은 데뷔 후에도 별다른 일 없이 지내는 경우가 허다하다. 나도 처음 한두 해 정도 인고의 시간을 보냈다. 그래도 여기서 한 가지 희망적인 이야기를 하자면, 내 경우에는 발표된 작품 수가 쌓여가는 과정이 예상보다 빨랐고, 그렇게 작업과 일 속에 묻혀 이삼 년 정도 정신없이 지내고 나니, 이전과는 전혀 다른 수준의 저작권 수입이 생겼다.

자기 자신이 쓴 작품에 자신감이 붙고 이 업계에 소문이 나는 일이 생각보다 순식간이라는 게 분명한 사실이기는 하다. 물론 '인고의 시간'을 얼마나 현명하고 효율적으로 보내느냐에 따라 많이 달라지겠지만 말이다.

지금 작사가를 꿈꾸는 이들에게 말하고 싶은 건, 생각보다 오래 걸릴 수 있는 상업 작사가의 길을 멀리 보고, 지치지 말고 걸어야 한다는 것이다. 꾸준히 해나가면 분명히 기회는 온다. 조금 이르고 더딘 차이만 있을 뿐. 문제는 기회 앞에 섰을 때 내가 그 기회를 잡을 만한 능력을 갖추고 있는가 하는 것이다. 준비되지 않은 채 기회를 만나면, 마음만 다친다.

사실 직업으로서 작사가가 알아야 하는 것들의 양은 너무나도 많다. 여기서 한 번에 다 열거하기 어려운 내용은 이 책 중간중간에 다시 언급할 것이다. 나 역시 꽤 오랜 시간을 거쳐 체득한 것들이니 말이다.

#03
사랑을 말하는 사람

작사가가 하는 일을 다른 말로 표현한다면 나는 이렇게 정의하고 싶다.

사랑을 말하는 사람.

만일 당신이 작사가가 된다면 그만큼 사랑과 이별에 대해 끊임없이 이야기하게 될 거란 뜻이다. 혹시 사랑과 이별이라는 감정에 대해서 별다른 감흥이 없다면 작사가라는 직업에 대해 다시 한번 생각해보길 바란다. 그건 마치 음악 듣는 건 별로인데 작곡가를 꿈꾸는 사람과 비슷한 것이다.

그런데 왜 대중가요의 가사는 그렇게까지 사랑과 이별에 집착하는 것일까? 왜 맨날 구구절절 사랑 타령인 걸까? 사람들은 왜 지난 수십 년간의 대중가요 역사 속에 수없이 등장했던 사랑과 이별 노래를 지치지 않고 꾸준히 만들어내고, 꾸준히 좋아하는 것일까?

답은 간단하다. 남녀노소 시대와 장소를 불문하고 다양한 사람들을 아우르는 가장 공통적인 관심사가 바로 사랑과 이별이기 때문이다. 물론 사랑과 이별 말고도 대중가요의 주제는 다양하다. 자아 성찰, 우정, 현실 제도의 불합리, 인권, 하물며 세계평화까지. 다만 자기 생각이나 사상을 분명히 드러내는 일부 색깔 있는 싱어송라이터의 경우를 제외하면 흥행에 성공하지 못하고, 대중의 뇌리에도 남지 못할 뿐이다.

바쁜 일상과 정신없이 돌아가는 세계 속에서 감성적 몰입을 느끼고 감정적 동화를 불러일으킬 수 있는, 사람들이 제일 좋아하는 주제는 역시나 사랑과 이별이다. 생각해보면 우리는 모두 사랑을 시작하기 전이거나, 지금 사랑하고 있거나, 아니면 사랑이 끝난 뒤다. 시점의 차이만 있을 뿐, 이 세 가지의 범주 안에 속해 있다. 이것이 우리가 사랑 이야기에 몰입하고 열광하는 이유다. 남이 쓰고 남이 부르지만 그 노래에 몰입하는 순간, 결국 그건 내 이야기가 되기 때문이다.

사람에 따라 어떤 노래를 들으면 반사적으로 떠오르는 사람이나 장소 등이 있는 경우가 있는데, 아마도 그건 각자의 기억이나 추억이 노래와 가사에 동화돼서 구체적인 이미지로 각인되기 때문일 것이다.

아무튼 그래서 상업 작사가는 쉼 없이 사랑과 이별이라는 주제를 놓고 고민할 수밖에 없다. 그렇다면 도대체 '어떤' 사랑과 이별 이야기를 해야 하는 걸까. 수십 년의 대중가요 역사 속에서 수없이 많은 사랑과 이별 노래가 등장했는데, 그 많은 곡이 하는 이야기는 결국 비슷비슷하다.

'너를 너무 사랑하고'

'너 없는 나는 아무것도 아니며'

'네가 없는 세상은 힘들고 아파서'

'네가 다시 돌아왔으면 좋겠다.'

군이 이야기하자면 이외에 다른 무슨 말이 필요하겠는가.

하지만 저렇게 일반적이고 상투적인 표현만 해서는 좋은 작사가가 되기 어렵다. 아니 좋은 작사가는 고사하고 그냥 작사가도 되기 어렵다. 지나가는 사람 누가 써도 저렇게는 쓸 테니 말이다. 사실 사랑과 이별이라는 주제보다 더 중요한 건 구체적이고 세밀한 소재에 해당하는 부분이다. 누구나 아는 뻔하디뻔한 사랑과 이별의 감정을 구체적이고 세밀한 소재와 설정을 이용해서 특별한 이야기로 바꿔주는 게 상업 작사가의 역량이라 할 수 있다.

이를테면 이런 식이다.

먼저 '너를 너무 사랑하고'의 '너무'에 해당하는 부분을 고민해봐야 한다. '하늘만큼 땅만큼'인지 '밤하늘의 별만큼'인지 '세상을 가득 메운 공기만큼'인지 '숨을 쉴 수 없을 만큼'인지 '1초도 잠을 잘 수 없을 만큼'인지. 모든 사람이 '너무'라고 표현하던 애매하고 막연한 감정의 부피와 온도와 질감을 작사가가 구체적으로 보여주고 들려주면, 듣는 이는 본인이 누군가를 사랑하거나 누군가와 이별했을 때의 감정이 어땠는지를 그 가사를 통해 떠올리게 되고, 감정에 동화되며, 결국 그 노래를 좋아하게 되는 것이다.

다음으로 가수(화자)의 성격이나 말투, 나이나 외모에 따라 가사 속 주인공의 캐릭터나 이미지를 만들고 거기에 맞는 아이디어와 소재로 가사를 풀어나가야 한다. 만약 주인공이 남자라면 그의 성격은 어떤지, 소심한지 대범한지, 자상한지 퉁명스러운지, 어떤 외모를 가졌는지, 키가 큰지 작은지, 안경을 썼는지 쓰지 않았는지, 상대 여자는 어떤 성격과 외모인지, 그 둘이 헤어지고 있다면 그들은 어디에 있는지, 주변의 분위기는 어떤지, 그리고 날씨는 어떤지 등을 떠올린다. 이 모든 상상과 설정 속에서 가사 안의 사랑과 이별은 생명력을 가진 분명한 스토리로 다시 태어난다.

성별과 연령, 캐릭터, 주된 청취자가 누구인가 하는 주요 타깃층에 따라 사랑 고백의 이야기가 어떻게 달라질 수 있는지 몇 곡의 가사를 예로 들어보겠다.

10대 후반에서 20대 초반까지 여자가 남자에게 하는 풋풋하고 귀여운 고백 – 니가 참 좋아(주얼리*jewelry*)

20대 초반부터 20대 후반 남자가 여자에게 하는 가벼운 연애 시작의 고백 – 우린 제법 잘 어울려요(성시경)

20대 후반부터 30대 후반 남자가 여자에게 하는, 결혼을 염두에 둔 무게 있는 고백 – 사랑해도 될까요(유리상자)

니가 참 좋아

작곡 박근태
작사 심현보
노래 주얼리

온종일 정신없이 바쁘다가도
틈만 나면 니가 생각나
언제부터 내 안에 살았니
참 많이 웃게 돼 너 때문에

어느새 너의 모든 것들이 편해지나 봐
부드러운 미소도 나지막한 목소리도

YOU 아직은 이야기할 수 없지만
나 있잖아 니가 정말 좋아
사랑이라 말하긴 어설플지 몰라도
아주 솔직히 그냥 니가 참 좋아

친구들 속에 너와 함께일 때면
조심스레 행복해지고
어쩌다가 니 옆에 앉으면
세상을 다 가진 기분이 드는걸
우연히 눈만 마주쳐도
괜스레 발끝만 보게 되고

조금씩 내 마음이 너에게 가고 있는 걸
이 세상에 두 사람 너랑 나만 몰랐나 봐

YOU 얼마나 잘할지는 몰라도
나 니 곁에 서고 싶어 정말
하루하루 점점 더 커져가는 이 느낌
다른 말보다 그냥 니가 참 좋아

손잡을 때는 어떨까
우리 둘이 입 맞춘다면

YOU 아직은 이야기할 수 없지만
나 있잖아 니가 정말 좋아
사랑이라 말하긴 어설플지 몰라도
아주 솔직히 그냥 니가 참 좋아

우린 제법 잘 어울려요

작곡 박근태
작사 심현보
노래 성시경

저기 그대가 보이네요
오늘도 같은 시간이죠
언제나 조금 젖은 머리로 날 스쳐 가죠

살짝 미소 지은 건가요
혹시 날 알아챈 건가요
아침을 닮은 그대 향기가 날 사로잡죠

난 궁금한 게 많죠
그대 이름 그대의 목소리 온종일 상상해요
그대 곁에 날

정말 서두르진 않을 거예요
한 걸음 한 걸음씩 그대가 나를 느끼게
사랑을 시작할까요 내일 아침 어쩌면
말할지도 모르죠 우리 한번 만나볼래요

물기 어린 나무 사이로
햇살이 부서지는 거리
투명한 그대 얼굴이 왠지 좋아 보여요

기분 좋은 일이 있나요
가벼워 보이는 발걸음
살며시 부는 바람을 타고 난 다가가죠

참 망설였었지만
오늘은 꼭 이야기할래요
눈이 참 예쁘다고 좋아한다고

조금 서투르고 어색하지만
천천히 알아가요 그렇게 시작해봐요
거봐요 웃을 거면서 내 마음을 알면서
잘 해낼 수 있겠죠 우린 제법 잘 어울려요

정말 서두르진 않을 거예요
한 걸음 한 걸음씩 그대가 나를 느끼게
사랑을 시작할까요
그대 곁엔 언제나 내가 있어줄게요
변치 않을 거예요 우린 제법 잘 어울려요

사랑해도 될까요

작곡 심현보
작사 심현보
노래 유리상자

문이 열리네요
그대가 들어오죠
첫눈에 난 내 사람인 걸 알았죠

내 앞에 다가와
고갤 숙이며 비친 얼굴
정말 눈이 부시게 아름답죠

웬일인지 낯설지가 않아요
설레고 있죠 내 맘을 모두 가져간 그대

조심스럽게 이야기할래요 용기 내볼래요
나 오늘부터 그대를 사랑해도 될까요

처음인걸요 분명한 느낌 놓치고 싶지 않죠
사랑이 오려나 봐요 그대에겐 늘 좋은 것만 줄게요

웬일인지 낯설지가 않아요
설레고 있죠 내 맘을 모두 가져간 그대

참 많은 이별 참 많은 눈물 잘 견뎌냈기에
좀 늦었지만 그대를 만나게 됐나 봐요

지금 내 앞에 앉은 사람을 사랑해도 될까요
두근거리는 맘으로 그대에게 고백할게요

조심스럽게 이야기할래요 용기 내볼래요
나 오늘부터 그대를 사랑해도 될까요

처음인걸요 이 느낌 놓치고 싶지 않죠
사랑이 오려나 봐요 그대에겐 늘 좋은 것만 줄게요

내가 그대를 사랑해도 될까요

실제로 작사를 하다 보면 종종 가사를 쓰는 시간보다 상상과 설정의 시간이 더 길 때가 있다. 어쩌면 작사할 때 상상과 설정의 시간이 그만큼 중요한 과정이라고 말할 수도 있겠다.

만일 당신이 길을 걷다가 저만치에서 서로 마주 보고 서 있는 남녀를 봤다고 가정해보자. 그들은 약 1미터의 거리를 두고 대치하고 있으며 둘 다 말이 없다. 남자는 하늘을, 여자는 건너편 고층 건물 어딘가를 보고 있는데 아마도 남자가 한숨을 크게 쉰 것 같다. 이제 막 해가 지는 중이라 주위는 어둑해지고 있고, 근처 상가에선 꽤 신나는 음악이 흐르고 있다. 사람들은 바쁘게 그 둘의 사이를 스쳐 지나는데, 지금 막 그녀가 몸을 돌려 걷기 시작한다.

이 장면을 음미하면서 가만히 상상해보자. 이 상황만으로도 가사 한 편이 충분히 꾸려질 수 있을 테니.

#04
대중음악의 일부,
작사가가 알아두어야 할 것들

때때로 미용실에 가면 그곳만의 현란한 용어들에 매료될 때가 있다. 어쩌면 이런 경험을 한 게 나 혼자만은 아닐 것이다. 그 업계에서만 사용되는 나름대로 전문적인 용어들은 그 분야를 이해하는 데 조금이나마 도움이 된다. 나는 특히 헤어디자이너가 어시스턴트에게 했던 "뿌리는 빼고 바르시고 도포 끝나면 30분간 자연 방치하세요"라는 말이 무척 인상적이었다.

아, 자연 방치라니. 이 얼마나 멋진 단어인가. 아마도 자연 방치는 스팀이 나오거나 열처리를 하는 미용 기구를 사용하지 않고 그대로 두는 순수한 시간의 경과를 말하는 것이리라.

그렇게 30분을 자연 방치당하면서 나는 업계 용어의 신선함에 대해 생각했던 적이 있다.

어느 분야나 마찬가지겠지만 대중음악업계도 이 분야의 작업 과정이나 시스템 속에서만 사용하는 용어들이 있다. 어떤 것들은 어원이나 출처가 분명하지만, 어떤 것들은 이유도 모른 채 정체불명의 용어로 오랫동안 사용하고 있다. 사실 알고 보면 별로 대단한 것도 아닐 수 있으나 모르면 불편할 수밖에 없는 업계 용어들이니 익숙해지도록 언급하고 넘어가도록 하겠다.

1) 작사가가 알아두어야 할 작업 용어들

데모*Demo*(데모곡)

작곡가가 곡을 의뢰받은 후 만든 스케치 형태의 음악을 데모라고 한다. 영어 Demonstration에서 파생되어 사용되는 듯하다. 이런 식의 곡이 될 거라는 일종의 안내서로, 집으로 치자면 모델하우스라 할 수 있다. 제작사나 프로듀서에게 들려주는 최초의 음악인데, 이것을 듣고 제작사에서 곡을 사용할 것이지 아닌지를 정한다. 가이드 보컬을 포함하고 있는 경우가 대부분이라 작사가에게 제공되는 '작업 재료'가 되기도 한다.

제작사에서 곡을 사용하겠다고 결정하면, 작사가는 데모를 받고, 음원을 들으면서 가사를 쓰게 된다. 분명한 멜로디 라인과 어느 정도의 편곡 색채까지는 드러나지만, 완성된 음원이 아니므로 실제 레코딩 과정에서 변화할 여지가 있다. 발라드 중에는 피아노 하나로만 이루어진 심플한 곡이 오케스트라와의 협연 등을 통해 드라마틱하게 웅장한 곡으로 바뀌는 경우도 있다.

가이드*Guide*(가이드 보컬)

스케치된 멜로디를 대강의 편곡 위에 알 수 없는 언어로 부르는 작업 과정을 의미한다. 아직 가사가 없기 때문에 영어, 일어, 외계어(?) 같은, 뜻과 발음을 정확히 알 수 없는 언어를 이용해서 곡의 멜로디를 사람의 목소리로 불러놓는다. 작곡가가 직접 부르기도 하고 전문 보컬리스트가 부르기도 한다.

상업 작사가들은 이 가이드 보컬을 들으며 가사를 쓰게 되는데, 알 수 없는 언어들이라고 해도 발음에 힌트가 많이 숨어 있기 때문에 어떨 때는 가이드 보컬의 발음 구조나 모양 등을 참고해서 가사를 구상할 때도 있다.

AR^{*All Record*}과 MR^{*Music Record*}

워낙 대중에게 많이 알려진 용어들이니 간단하게 살펴보고 넘어가자. 인터넷상에서 종종 화제가 되는 가수들의 MR 제거 영상을 기억할 것이다. 그때 말하는 MR은 '보컬 트랙이 빠진 순수 연주 음악'이고 AR은 '보컬 트랙이 포함된 음악'이라고 하는 게 가장 쉬운 설명일 듯하다.

픽스^{*Fix*} 혹은 컨펌^{*Confirm*}

작사 의뢰를 받고 완성해서 제출한 가사가 최종적으로 레코딩되고, 발표될 가사로 채택되는 일(참으로 신나는 경험이다)을 업계에서는 일반적으로 픽스됐다고 말한다. 나는 개인적으로 픽스됐다는 말보다는 컨펌받았다나 컨펌됐다는 말을 더 많이 쓴다. 어느 쪽이든 상관없겠지만 이 책에서는 컨펌이란 단어를 사용하겠다.

2) 음반(음원)의 제작 과정

가사는 대중음악을 구성하는 중요한 구성 요소 중 하나다. 따라서 가사를 쓰는 작사가도 한 곡의 음악이나 하나의 음반 혹은 음원이 만들어지는 일반적인 과정 전반을 어느 정도 이해하고 있을 필요가 있다. 그러니 이번에는 음원 제작 과정에 관해 이야기해보도록 하자. 케이스에 따라 조금씩 달라질 수 있겠지만 일반적인 음원 제작 과정은 다음과 같다.

① 제작사(프로듀서, A&R, 가수 등)가 작곡가(들)에게 곡 의뢰

제작사의 프로듀서나 A&R, 가수 등이 원하는 콘셉트나 기획 의도 혹은 음악적 색채나 방향에 맞춰 작곡가에게 곡을 의뢰하는 단계다. 의뢰를 받은 작곡가는 가이드 보컬이 포함된 데모곡을 만들어서 제작사에 보낸다.

② 취합된 곡들 중 싱글곡이나 수록곡을 선정

제작사에서 취합된 곡들을 모니터링하고 회의를 거쳐 필요한 곡들을 선정하는 단계다. 이 과정에서 컨펌받지 못한 곡이 많이 탈락한다.

③ 제작사 혹은 작곡가가 작사가(들)에게 가사 의뢰

선정된 곡들의 가사를 작사가에게 의뢰하는 단계다. 가사의 중요도가 점점 높아지는 요즘에는 한 곡의 가사를 여러 명의 작사가에게 의뢰하는 일이 일반적이다. 제작사에게서 연락을 받은 작사가는 메

일 등을 통해 가이드 보컬이 포함된 데모곡을 받고, 약속된 기일 안에 가사를 완성해서 보내면 된다.

④ 취합된 가사 중 가사 선정

제작사에서 취합된 가사들을 모니터링하고 회의를 거쳐 가사를 선정하는 단계다. 이 과정에서 많은 가사가 컨펌을 받지 못하고 탈락한다. 컨펌을 받은 후에도 다양한 수정 요구가 있으며, 이 과정을 통해 최종 가사로 완성된다.

⑤ 세션*Session* 녹음

쉽게 말해 곡의 반주에 해당하는 연주 파트를 녹음하는 단계다. 요즘은 컴퓨터 음악이 일반적이어서 최소화해서 진행하는 경우가 많으나, 발라드 같은 어쿠스틱 장르의 음악은 여러 악기로 녹음한다.
MR이 완성된 단계다.

⑥ 노래*Vocal* 녹음

가수가 노래를 녹음하는 단계다. 컨펌된 가사라고 해도 이 과정에서 조사나 어미 같은 디테일한 수정 과정이 다시 한번 생기기도 한다. 때때로 작사가가 녹음 현장에 참여하기도 한다.
AR이 완성된 단계다.

⑦ 믹싱*Mixing* & 마스터링*Mastering*

다소 전문적인 사운드 메이킹 단계다. 가장 듣기 좋은 음악으로 다듬고 만들어내는 과정이라고 이해하면 된다.

⑧ 음원(음반) 발매

앨범 아트와 뮤직비디오 등의 후반 작업이 끝나면 프로모션 일정에 맞춰 음원이 유통 사이트 등을 통해 발표된다.

이런 일련의 과정들을 통해서 한 곡의 음원, 혹은 하나의 음반이 세상에 나오게 된다. 작사가는 '가사만 잘 쓰면 되겠지'라고 생각할 수도 있지만 대중음악이라는 시스템 전체를 생각한다면 '가사를 잘 쓴다'는 말의 의미가 상당히 넓어진다. 글만 잘 쓴다고 끝나는 일이 아니라는 이야기다.

'기획의도에 맞게' '제작사 측과 꾸준히 의견을 조율하며' '약속된 마감일을 넘기지 않고' '유연한 수정과 재수정을 마다하지 않으며' '예정된 발매일에 맞춰 제작사의 프로모션이 진행될 수 있도록' 써야 한다는 이야기다. 그것도 듣기에도, 부르기에도, 보기에도 좋은 가사를 말이다.

혼자 써서 혼자 보고 혼자 좋아하는 가사로 만들기 싫다면, 글의 수렁에 빠져 전체를 놓치는 실수를 하지 말아야 한다. 가사는 대중가요의 시스템 안에서, 멜로디 위에, 목소리의 형태로 존재한다.

♥

조심스럽게 이야기할래요 용기 내볼래요

나 오늘부터 그대를 사랑해도 될까요

처음인걸요 분명한 느낌 놓치고 싶지 않죠

사랑이 오려나 봐요 그대에겐 늘 좋은 것만 줄게요

PART 2

일반론적인 가사 쓰기의 요소들

글쓰기와 가사 쓰기의 조금 다른 지점들

누누이 말하지만 가사는 대중음악의 일부다. 그래서 기사 쓰기는 일반적인 글쓰기와 다른 지점들이 있을 수밖에 없다.

글은 글이되 글만으로는 완전하지 못한 글, 멜로디와 목소리와 함께여야 비로소 완전해지는 글. 이런 이유로 글로서는 훌륭하지만 가사로서는 별로이고, 글로서는 별로여도 가사로서는 썩 괜찮은 작품이 심심치 않게 등장한다.

나 역시도 가사로도 글로도 괜찮은 작품을 쓰는 게 궁극의 목표이지만, 쓰면 쓸수록 좋은 밸런스의 가사를 써내는 건 참으로 어렵고도 어렵다. 언젠가 나도 그런 가사를 한 편쯤 쓸 수 있게 되길 꿈꾼다.

어쩌면 그래서 가사 쓰기는 누구나 할 수 있지만 잘하긴 무척이나 어렵고, 어쩌면 그래서 가사 쓰기는 대단히 매력적이지만 가끔은 참 답답할 때도 있는 것 같다.

작사가를 꿈꾸는 많은 사람이 글쓰기에는 익숙해도 가사를 쓰는 일에 대해서는 잘 모르거나 서먹한 경우가 많은데, 아마도 글쓰기와 가사 쓰기가 태생적으로 다를 수밖에 없는 지점을 이해하지 못해서인 듯하다. 그러니 이번에는 글쓰기와 가사 쓰기의 차이, 그 중요한 지점들을 짚어보도록 하겠다.

1) 곡이 먼저인가, 가사가 먼저인가

작사가 지망생들이나 가사에 관심 있는 사람들이 제일 많이 하는 질문 중 하나는 바로 이것이다.

곡이 먼저인가, 가사가 먼저인가.

결론부터 이야기하자면 98퍼센트 이상 곡이 먼저다. 나머지 2퍼센트에 해당하는 부분도 대부분 싱어송라이터(말하자면 곡과 가사와 노래를 스스로 해결하는 아티스트)의 경우에만 해당한다고 볼 수 있으니, 상업 작사가의 경우라면 거의 100퍼센트 곡이 먼저라는 이야기가 된다. 그도 그럴 것이, 앞서 언급한 내용처럼 작사가가 가사 의뢰를 받을 때 가이드데모곡을 받게 되는데 그때 이미 곡의 멜로디는 완성된 상태다. 그러니 작사가는 이 가이드데모곡을 들으면서 멜로디의 음절 수를 정확하게 파악하고 음절에 맞춰 가사를 쓸 수밖에 없다.

가이드데모곡의 음절 수를 파악하는 과정을 업계에서는 '자수를 딴다'라고 표현한다. 이 역시 대중음악업계에서 흔히 사용하는 용어다. 연주자나 편곡자가 연주할 곡들의 코드나 구성을 파악하는 일도 '곡을 딴다' 혹은 '코드를 딴다'고 표현하니 말이다.

자 어쨌든 가사 쓰기의 시작점이 이 '자수 따기'에서 출발하는 만큼 좀 더 구체적으로 알아보자.

작사가가 가사를 의뢰받을 때 가사를 써야 할 해당 곡의 멜로디 악보를 받는 일은 거의 없다. 아니 아예 없는 듯하다. 이 업계에서 꽤 오래 일한 나조차도 한 번도 받아본 적이 없으니 말이다. 그렇다면 작사가는 가이드 보컬이 포함된 데모곡만 들으며 정확한 멜로디의 음절 수를 추정하고 거기에 맞춰 가사를 써야 한다는 이야기가 되는데, 이 과정을 어려워하는 사람이 제법 많다. 나도 어떤 데모곡의 경우에는 수없이 듣고 또 들었음에도 정확한 음절 수를 파악하기 어려워서 작곡가에게 전화를 걸어 물어보거나 가사가 완성된 후 틀린 부분을 수정해달라고 요청받은 경우도 있다. 그래도 꾸준히 '자수 따기'를 반복하고 습작을 해나가다 보면 나름대로 익숙해지고 점점 정확해지는 건 분명하다.

그렇다면 멜로디의 음절 수를 정확히 파악한다는 게 어떤 개념일까? 초등학교 음악시간에 배웠던 학교종이 땡땡땡으로 계이름의 수를 생각하면 이해하기 쉽다.

솔솔라라 솔솔미 솔솔 미미레
학교종이 땡땡땡 어서 모이자

가사를 쓸 때 이렇게 멜로디 악보나 계이름 수를 받을 수 있다면 정말 편하겠지만, 실제로 작사가가 가사를 쓸 때는 가이드 보컬이 포함된 데모곡만 받는다. 그러니 목소리로 불린 노래를 들으며 음절 수를 파악한다는 게 작사가 지망생이나 초보 작사가에게는 많이 어려울 수 있는 부분이다. 이때 현실적으로 도움이 되는 노하우를 말하자면, 외국어로 불린 팝 음악을 들으며 멜로디의 음절 수를 파악하고 거기에 맞춰 가사를 써보는 연습을 반복하는 것이다. 나는 이걸 '개사 습작'이라고 표현하는데, 작사가 지망생들이 데모곡 없이도 가사 쓰는 연습을 할 수 있는 가장 효과적인 방법이라고 생각한다.

한글로 이루어진 가요는 이미 완성된 한글 가사 때문에 음절을 따로 파악할 필요가 없고 완성된 가사가 주는 이미지의 제약 때문에 제대로 연습할 수 없을 가능성이 크기 때문이다. 그러니 되도록 팝 Pop 음악으로 시도해보길 바란다.

그럼 이쯤에서 너무나도 유명해서 대부분 알고 있을 비틀스 The Beatles 의 Let It Be를 예로 들어보자. 이 곡의 멜로디 음절 수를 파악해보면 아래의 ○ 표시 부분과 같다.

Let It Be Let It Be Let It Be Let It Be

Whisper Words of Wisdom Let It Be

○○○ ○○○ ○○○ ○○○

○○ ○○ ○○ ○○○

여기서 헷갈리는 부분은 영어와 한글의 음절 수 차이다. 예를 들어 영어 Whisper를 그대로 한글로 표기하면 '위 /스 /퍼' 3음절이지만, 실제로 가사를 쓸 때는 두 개의 음표 위에 존재하는 '위스 /퍼' 2음절에 해당한다.

Words of 와 Wisdom도 마찬가지다. Words와 of '위즈'와 '오

브'는 실제로 각각 1음절씩(발음 그대로 쓰자면 '월접'이 된다) 그리고 Wisdom '워즈 /덤'은 2음절에 해당한다. 피아노의 오른손 멜로디 숫자를 생각하면 조금 더 편한데, 영어와 한글의 음절 수 차이는 '자수 따기'를 반복적으로 하고 직접 불러가며 쓰다 보면 점점 익숙해질 것이다.

자 이번엔 이렇게 파악한 멜로디의 음절 위에 가사를 써본다고 가정하자.

사랑하 /고있어 /기억하 /고있어
언제 /나너 /만을 /영원히

사랑해 /그리고 /기억해 /너만을
많은 /날이 /지난 /후에도

이 두 개의 가사 중 어느 쪽이 더 자연스러운지는 독자들도 금방 눈치챌 것이다. 같은 내용이라도 아래쪽 가사가 멜로디의 음절이 나뉘는 지점을 잘 지켜서 노래로 부르기도 쉽고 의미를 전달하는 것도 수월하다.

사실 멜로디의 음절을 파악하고 '자수를 따는' 과정은 글로만 설명하기가 좀 어렵다. 역시 들어봐야 하기 때문이다. 그래도 이 내용을 토대로 틈틈이 팝 음악을 들으면서 연습해보면 분명히 도움이 될 것이다. 다시 한번 말하지만 가사는 부르고 듣는 글이다. 불러보며 음절을 파악하고, 불러보며 쓰는 걸 절대 잊지 말자.

2) 곡의 구조 *Song Form* 파악

곡의 구조 역시 작사가가 알아야 하는 것 중 하나다. 멜로디의 음절 수를 파악함과 동시에 구조도 파악해야 전체 가사의 밸런스를 잡는 데 도움이 되기 때문이다.

일반적으로 곡의 구조를 표기하는 방식은 'a-b-c'의 형태다. 이때 a·b·c는 a(도입)-b(전개)-c(절정) 정도로 설명할 수 있겠다.

a 파트

a의 반복인 a'를 포함한다. 벌스*verse*라고도 한다.

도입에 해당하는 부분이다.

b 파트

전개에 해당한다. 벌스에 포함하거나 브릿지*Bridge*라고도 한다.

요즘엔 b 파트가 아예 없는 음악도 많다.

c 파트

싸비*Sabi*, 후렴이라고도 한다.

코러스라고도 하는데 화성을 쌓는 것과는 다른 개념이다.

곡의 핵심, 절정에 해당하는 부분이다.

d 브릿지

전환에 해당하는 파트다.

곡에 따라 마지막 c 파트 전에 나오거나 없는 곡도 많다.

그럼 이제 모세라는 가수가 불렀던 사랑인걸이라는 곡을 예로 들어 파트를 표기해보자.

사랑인걸

작곡 심현보
작사 심현보
노래 모세

a (벌스)

하루가 가는 소릴 들어 너 없는 세상 속에

달이 저물고 해가 뜨는 서러움

한 날도 한시도 못 살 것 같더니

그저 이렇게 그리워하며 살아

a' (벌스)

어디서부터 잊어갈까 오늘도 기억 속에

니가 찾아와 하루 종일 떠들어

니 말투 니 표정 너무 분명해서

마치 지금도 내 곁에 니가 사는 것만 같아

C (후렴)

사랑인걸 사랑인걸 지워봐도 사랑인걸

아무리 비워내도 내 안에는 너만 살아

너 하나만 너 하나만 기억하고 원하는걸

보고픈 너의 사진을 꺼내어 보다 잠들어

2a' (벌스 2)

어디서부터 잊어갈까 오늘도 기억 속에
니가 찾아와 하루 종일 떠들어
니 말투 니 표정 너무 분명해서
마치 지금도 내 곁에 니가 사는 것만 같아

2c (후렴 2)
사랑인걸 사랑인걸 지워봐도 사랑인걸
아무리 비워내도 내 안에는 너만 살아
너 하나만 너 하나만 기억하고 원하는걸
보고픈 너의 사진을 꺼내어 보다 잠들어

d (브릿지)
잠결에 흐르던 눈물이 곧 말라가듯
조금씩 흐려지겠지
손 내밀면 닿을 듯 아직은 눈에 선한 니 얼굴
사랑해 사랑해 잊으면 안 돼

3c (후렴 3)
너만 보고 너만 알고 너만 위해 살았던 난
마음 둘 곳을 몰라 하루가 일 년 같아
아무것도 아무 일도 아무 말도 못 하는 난
그래도 사랑을 믿어 그래도 사랑을 믿어
오늘도 사랑을 믿어

대중가요에서는 c 파트를 가리켜 싸비라는 용어로 칭하는 경우가 많다. 다른 말로 후렴이라고도 하니 여기서는 후렴으로 통칭하겠다.

위의 사랑인걸처럼 요즘의 음악들은 b 파트를 생략하기도 하는 등 형태가 다양하다. 그중 후렴이 되는 c 파트를 제외한 a와 b 파트에 해당하는 부분은 벌스라고 부르는 경우가 많으니 여기서는 벌스로 통칭하겠다. 전환에 해당하는 파트는 d 브릿지라고 하는데, 곡에 따라 마지막 후렴 직전에 나오기도 하고 아예 없는 경우도 있다.

곡의 구조는 전체적인 가사의 밸런스를 잡을 때 매우 중요하다. 구성에 따라 각 파트의 내용이나 스토리 진행의 밸런스를 조절해야 하기 때문이다. 이를테면 벌스에서는 조금 디테일하고 구체적인 소재를 이야기하다가 후렴에서는 쉽고 대중적인 주제를 전달한다거나, d 브릿지가 있다면 그 부분에는 보충될 만한 에피소드를 추가하는 식이다.

일반적인 글쓰기와 가사 쓰기는 이렇게 준비에서부터 분명하게 다르다. 글을 쓰기 전에 음악을 들으며 곡의 구조를 인지하고 멜로디의 음절 수를 파악하며, 가이드데모곡이 주는 느낌이나 이미지를 구체화해서 가사의 톤이나 방향 등을 설정하고 궁리해야 한다. 일반적인 글쓰기보다 훨씬 제약적이고, 훨씬 다양한 요구사항을 충족시켜야 하는 게 바로 가사 쓰기다.

사용해본 지는 꽤 오래됐지만, 학창 시절 방학 숙제로 독후감 같은 걸 써야 할 때면 200자 원고지에 글을 썼던 기억이 난다.

가사를 쓰다 보면 가끔 그 원고지에 글을 쓰는 기분이 들 때가 있다. 좀 더 정확하게 말하자면 쓸 수 있는 칸과 쓸 수 없는 칸은 이미 정해져 있고 원고지의 정해진 빈칸 안에 글을 써야 하는 것 같은 느낌이다. 그래서 가끔 가사 쓰기는 고난도의 창의적 낱말 퍼즐처럼 다가올 때가 있다. 내가 쓰고 있는 가사의 음절 수는 무슨 일이 있더라도 멜로디의 음절 수와 일치해야 한다. 문장의 마지막을 세 글자로 쓰고 싶다 하더라도 멜로디의 음절 수가 네 글자로 정해져 있다면 네 글자로 표현할 수 있는 대안을 찾아야 한다.

예를 들면 이런 식이다. '너만 사랑하는 나잖아'라고 쓰고 싶었지만 마지막 멜로디의 음절이 네 글자라면 이 문장은 '너만 사랑하는 나라는 걸'이나 '나는 너만 사랑하는걸'처럼 내용은 유지되면서 멜로디의 음절 수는 맞춰야 한다.

이렇게 이미 만들어놓은 멜로디의 제약 안에서 글을 써야 한다는 것이 작사의 기본적인 어려움이다. 그 제약 안에서 아이디어를 찾아내고 소재를 배치하며, 스토리를 만들고 화법과 문제 등도 정돈하며 써야 한다.

내 머릿속에서 나온 문장이나 표현이 아무리 멋지고 훌륭하다 해도 멜로디의 음절 수와 정확하게 일치하지 않으면 아무런 소용이 없다. 그렇기 때문에 작사할 때는 문장의 구성이나 단어의 위치를 바꾸는 문장의 재배치 능력이 중요하다고 할 수 있다. 이는 내용은 크게 달라지지 않도록 유지하면서 문장의 형태나 모양을 재구성하는 수정 능력을 의미한다. 생략과 반복 도치 등이 문장의 재구성에 흔히 쓰이는 기법들이다.

1) 문장을 재구성하라. 도치

일상생활에서 우리는 대체로 말의 순서를 지키며 살아간다. 주어-목적어-서술어와 같이 일반적으로 사용하는 문장의 순서를 뒤집는 도치는 별로 쓸 일도 없고, 쓴다 해도 뭔가 서먹하고 어색해서 입에 잘 붙지 않을 것이다. 뭐 어느 정도 강조의 효과는 있을 테지만 조금 이상한 사람으로 오해받을 수도 있다.

'사랑해 너를 하늘만큼 땅만큼.'

만일 일상에서 누군가에게 이런 고백을 받는다면 도치된 말의 순서 때문에 다소 어색하고 이상하게 느껴질 수도 있다. 하지만 노래 가사라는 별로 문제 되지 않는다. 가사는 멜로디 위에 존재하기 때문이다. 바꿔 말하면 '너를 사랑해'와 '사랑해 너를'을 멜로디의 음절 수에 따라 유연하게 바꿔서 사용할 수 있다는 이야기다.

2) 의미 있게 끊어 써라. 분절

가사는 멜로디와 함께한다. 가능하다면 멜로디의 패턴을 따라 가사 역시 의미 있게 끊어서 쓰는 게 좋다.

'그래서 헤어지고 나서 처음으로 내가 어젯밤에 그 사람을 만났는데 그 사람이 어쩌고저쩌고……그래서 블라블라' 하는 식의 장황하고 긴 문장은 별로 좋지 않다. 긴 문장의 의미를 이해하기 위해선 문장 전체를 들어야 한다는 얘긴데, 여덟 마디나 열여섯 마디를 다 들어야 이해할 수 있는 문장은 노래를 난해하고 지루하게 만들 가능성이 높다.

3) 불필요한 것들은 제거하고 줄여라. 생략

문장을 재배치하는 과정에서 또 한 가지 중요한 것이 있다. 바로 불필요한 부분을 제거하는 일이다. 다시 말하면 문장에서 꼭 필요하고 의미 있는 구성 요소만 남겨놓는 것이다.

때로는 주어보다 목적어가 중요하기도 하고 동사보다 부사가 중요하기도 하다. 내가 쓰고 있는 가사 안에서 무엇이 더 중요한지 순서를 정하고 제거할 부분은 제거해야 문장이 장황하지 않고, 도치나 분절도 가능해진다.

멜로디의 제약과 글 쓸 공간의 제한 속에서 생략은 정말 필요한 부분에서 더 풍성한 내용을 말할 수 있는 공간을 확보해준다. 비교적 짧은 글인 노래 가사에서 쓸데없는 말을 줄여야 정말 할 말을 할 공간이 생기는 건 너무도 당연하다.

박혜경이 불렀던 하루라는 곡은 나의 첫 번째 작사·작곡 히트 넘버다. 큰 기대 없이 작업했던 곡이 차트에 꽤 높게 랭크됐고, 이 곡 이후에는 직접 쓴 곡과 가사 모두에 대한 확신이 조금 더 단단해진 기억이 난다. 모든 일이 그렇지만 창작자(작사, 작곡가 모두)에게 자기 확신이나 자신감은 너무나도 중요한데, 이 곡을 작업하면서 눈이 조금 떠지고 귀가 조금 뜨인 기분이 들었다.

이 곡의 가사를 작업할 때 벌스의 첫 멜로디 부분을 어떻게 시작할지 정말 많이 고민했던 기억이 난다. '참 나쁘죠'를 멜로디의 시작점으로 배치한 건 일종의 도치였는데 문장 전체에서 가장 중요하다고 생각되는 말을 맨 앞으로 가져와 미리 배치한 형태다.

'그대 없이도 사람들을 만나고, 아무 일 없이 하루를 사는 나는 참 나쁘죠'가 원래 이 문장에서 말하고 싶은 내용이고 일반적인 문장의 순서다. 그러나 멜로디의 음절 수와 문장의 중요도에 따라 생략과 도치의 과정을 거쳐 '참 나쁘죠 그대 없이도 사람들을 만나고 또 하루를 살아요'로 재배치한 것이다.

그 당시 가요 순위 프로그램에서 이 노래를 처음 들었던 누군가가 내게 이런 감상평을 말했던 기억이 난다.

"집에서 저녁 먹으면서 이 노래를 듣는데 가사가 '참 나쁘죠'로 시작하는 거야. '응? 다짜고짜 뭐가 나쁘다는 거지?' 솔깃하고 궁금해서 더 집중해서 들었어."

내가 의도한 그대로의 감상평이어서 그 말을 들은 나는 무척 기뻤다.

우리는 늘 완벽히 준비된 상태에서 음악을 듣지 못한다. 일상생활 중 틈틈이, 자투리 시간에 조각난 음악의 파편을 들을 때가 더 많다. 그렇기 때문에 가사의 포인트가 중요하다. 전체의 노래를 다 듣지 못하더라도 가사의 부분마다 기억에 남은 한 줄의 문장이나 단어가 있도록 쓰는 것이 중요하다.

도치와 생략이란 문장의 재구성은 이런 의미에서 유용하다.

하루

작곡 심현보
작사 심현보
노래 박혜경

참 나쁘죠 그대 없이도
사람들을 만나고 또 하루를 살아요
이런 거죠 그대 모든 것
조금씩 흐려지다 없던 일이 되겠죠

벌써 난 두려운 마음뿐이죠
한참 애를 써도 그대 얼굴조차 떠올릴 수 없죠

웃고 있어도 자꾸 눈물이 나요
그대 역시 그렇게 나를 잊어가겠죠
왜 그랬나요 이럴 걸 알면서도
이별이란 이토록 서글픈 모습인데
정말 사랑했는데

벌써 난 두려운 마음뿐이죠
한참 애를 써도 그대 얼굴조차 떠올릴 수 없죠

웃고 있어도 자꾸 눈물이 나요

그대 역시 그렇게 나를 잊어가겠죠
왜 그랬나요 이럴 걸 알면서도
이별이란 이토록 서글픈 모습인데

단 하루도 안 될 것 같더니
내가 미워질 만큼 익숙해져만 가죠

별일 없나요 그대 역시 나처럼
깨어나고 잠들며 그런대로 사나요
그대 없이도 아무 일 없다는 거
이별보다 더 아픈 세상 속을 살아요

웃고 있어도 자꾸 눈물이 나요
그대 역시 그렇게 나를 잊어가겠죠
왜 그랬나요 이럴 걸 알면서도
이별이란 이토록 서글픈 모습인데
정말 사랑했는데

슬픈 하루가 가죠

#03
매 단어 매 행
결정의 연속

작사가가 가사를 쓰기 전까지 그 음악에는 아직 스토리가 없다. 작곡가가 만든 멜로디의 느낌, 그리고 대강의 이미지가 존재할 뿐이지 분명한 스토리도 주인공도 없는 상태다. 그래서 작사가는 4분 정도 되는 노래 한 곡에서 영화나 드라마의 작가처럼 이야기를 떠올리고 캐릭터를 설정하며, 전체 구성을 꾸려갈 수 있어야 한다. 그러면서 이미 만들어진 데모곡의 멜로디와의 조화도 생각해야 한다.

간단히 정리해서 말하자면 최초의 데모곡을 듣고 떠오른 이미지나 느낌을 자신의 아이디어나 소재 등을 이용해서 구체화하고, 스토리가 있는 글로 써내야 한다는 것이다. 하나의 단어나 한 줄의 문장이 열쇠가 되곤 하는데, 그 열쇠가 열쇠인지 파악하는 것조차도 결정과 판단이 작용한다. 심지어 부르는 사람이 부르기 쉽고 듣는 이들이 감정적 동화를 일으킬 수 있는 잘 짜인 글을 완성해야 하니 확신이라는 게 있기나 하겠는가. 다만 결정할 뿐이다. 결정해야 하는 사람이 결정하지 않으면 가사를 완성할 수 없을 테니 말이다.

요즘은 제작사나 프로듀서, 혹은 A&R 등과의 기획 회의나 협의를 거쳐서 가사의 대략적인 방향이나 색깔 등을 의논하는 경우도 있다. 하지만 기본적으로 가사만큼은 작사가가 시작하고 작사가가 마무리한다고 말하는 게 맞다.

작사 의뢰가 들어올 때 제작사나 클라이언트가 하는 부연 설명은 대부분 이런 식이다.

"그냥 음악 들어보시고 느낌대로 알아서 잘 써주세요."

100퍼센트 작사가의 감각을 믿어보는 경우다. 이럴 땐 정말 그냥 알아서 써야 한다. 구속은 없으나 막연하고 방향이 어긋날 경우에는 바로 탈락하거나 전면 수정할 가능성이 크다. 여기서 한정은 늘 '알아서 잘'에 있다.

다들 '알아서 잘'한다면 얼마나 아름다운 세상이겠는가.

"귀엽고 사랑스러운 이미지면 좋겠어요. 너무 과해서 부담스럽지는 않게요."

이런 말에는 대강의 이미지에 대한 가이드라인이 포함돼 있다. 특별한 경우가 아니라면 노래를 부르는 가수나 곡의 분위기로도 어느 정도 예측할 수 있는 수준이다. 하지만 간혹 작사가의 곡 해석과는 전혀 다는 느낌으로 써달라고 요구하는 경우도 있다.

힘들지만 어쩌랴 클라이언트의 요구이거늘.

"이번 콘셉트가 고백이거든요. 뮤직비디오랑 앨범 콘셉트까지 나온 상태니까 거기에 맞게 부드러운 남자가 고백하는 가사로 부탁드려요."

구체적인 주제와 곡의 쓸모, 혹은 타깃을 정해주는 경우다. 잘못된 방향 설정을 하게 될 가능성이 사라지기 때문에 가사 쓰기가 수월하게 느껴질 수도 있지만, 한편으로는 주제가 한정되기 때문에 차별점을 만드는 게 무엇보다 어려울 수 있다.

생각해보라. 같은 주제의 이야기로 동시에 여러 명이 같은 가사를 쓰고 있다고. 그럴 때 내 가사가 돋보이는 일이 그리 쉽지는 않을 것이다.

"'너에게'라는 말로 시작했으면 좋겠어요. 그 문장 느낌이 너무 좋아서요."

구체적인 문장이나 가사 일부를 처음부터 정해주는 경우다. 아예 바꿀 수 없는 내용물을 정해주기 때문에 마치 끝말잇기를 시작하는 느낌이 들기도 한다. 분명한 이유를 가지고 요구하는 경우가 많으니 잘 풀어나간다면 클라이언트의 마음에 들기 쉽겠지만, 작사가가 정한 단어나 문장이 아니기 때문에 작사가 본인이 받은 느낌과 겉돈다면 가사를 풀어나가는 것 자체가 어려워지기도 한다. 모든 일이 그렇긴 하지만 가사 쓰기 역시 작사가 본인의 느낌이나 결정에 대한 확신이 매우 중요하다. 개인적으로는 이런 경우의 가사 쓰기가 제일 어렵다.

가잖아라는 곡을 작업할 당시 신승훈과는 이미 이전에 몇 곡의 작업을 해본 상태였고, 작업 결과물에 대한 신뢰도가 어느 정도 형성되는 중이었다. 하지만 이 곡은 시작부터 이전에 같이 작업했던 곡들과는 조금 달랐다.

우선 이 곡은 가이드데모 단계부터 타이틀곡 후보에 거론되고 있는, 말하자면 앨범에서의 중요도가 상당히 높은 곡이었다. 이전에 신승훈과의 작업 곡들이 앨범 수록곡 정도에 머물렀다면, 이 곡의 가사를 쓴다는 건 아직 풋내기 작사가였던 내가 한 단계 업그레이드될 수 있는 좋은 기회였다. 한편으로는 그래서 더욱 부담스럽기도 했다.

이 곡의 데모곡을 처음 들었을 당시 비장하지만 절제된 감정을 잘 풀어내는 게 관건이라는 생각이 들었다. 이별 앞에서 자신의 슬픔을 드러내고 목 놓아 우는 감정이 아닌, 상대의 아픔까지 보듬느라 눈물을 삼키는 조심스럽고 진중한 남자의 감정.

하아, 역시나 어려웠다.

게다가 이 곡은 첫 세 음절의 단어가 이미 정해진 상태였는데, 문제의 단어가 바로 '가잖아'였다. 정확히 기억나진 않지만 아마도 이 곡의 가이드데모곡은 '가잖아 뚜루루루루루루 라라라라'이런 식으로 불린 것 같다.

신승훈은 '가잖아'라는 단어가 무척 마음에 든다고 했고, 도입부에 '가잖아'를 살려서 가사를 써줬으면 좋겠다고 몇 번이나 당부했다. 열심히 해보겠다고 답하고 집으로 돌아왔지만, 그날부터 며칠 동안 나의 상상력과 감정 모두 혼란에 빠졌다.

우선 이런 식의 작업은 처음이었고(정해진 단어에서 출발하는 형태의 가사) 곡의 중요도와 기대치가 너무 높았다. 신승훈을 비롯한 많은 사람, 심지어 뮤직비디오 감독까지 완성된 노래를 기대하며 기다리는 상황이었다. 이미 나온 멜로디와 감정이 너무 좋았으므로 자칫 결과가 좋지 않으면 가사가 곡을 망쳤다는 이야기도 충분히 들을 수 있는 곡이었다. 심지어 마감 날짜마저 촉박했다.

끊임없이 이 곡을 들으며 했던 생각을 풀면 다음과 같다.

'가잖아 뚜루루루루루 라라라라'

가긴 가야 한다. 이미 간다고 써 있으니까 말이다. 그렇다면 도대체 주인공은 누구이고 어디로 가야 하는가.

'결정의 연속.'

가뜩이나 식사 메뉴 하나 정하는 데도 우유부단하고 갈팡질팡하는 나에게 끊임없이 결정해내야 한다는 건 가끔 엄청난 부담으로 다가온다.

'과연 나의 결정은 베스트인가.'

첫 번째 벌스를 쓰는 데 무척 오랜 시간(아마 마감 하루 전이었다)이 걸렸고, 수도 없이 쓰고 지웠다. 정말 어렵게 완성한 벌스의 설정은 이랬다. 가는 건 그대고 우리는 헤어지고 있으며, 그걸 바라보는 나에게 던진 그대의 한마디는 '다 잊고 살라'는 말. 이 결정에 확신이 들고 나니 그다음 파트부터는 생각보다 수월하게 써나갈 수 있었다.

매 단어 매 행 작사가는 결정하고, 또 결정해야 한다.

첫 줄의 결정이 다음 줄에 영향을 미치고 그 결정이 또 다음 줄에 영향을 미쳐서 결국 우리가 듣는 한 편의 가사로 완성되는 것이다. 소재 하나, 말투 하나, 감탄사 하나까지도 작사가의 통제하에 있어야 한다. 써지는 대로 쓰는 게 아니라 쓰고자 하는 방향으로 써나가야 한다. 글로 써놓으니 이렇게 간단한 듯하지만, 15년 넘게 가사를 쓰고 있는 나에게도 매번 참으로 어려운 일이다.

결정과 판단의 확신.

쓰고자 하는 방향으로 써나가는 일.

다행히도 가잖아 가사는 한 번에 컨펌됐고, 곡의 반응도 좋았다. 배우 전도연이 출연했던 맥주 광고에 삽입곡으로 쓰여서 많은 사람이 좋아해 줬던 기억도 난다. 나도 여전히 참 좋아하는 신승훈의 발라드곡이다.

가잖아

작곡 신승훈
작사 심현보
노래 신승훈

가잖아 그댄 떠나가고 있잖아
함께 시작한 사랑인데
이별은 혼자도 되는지
다 잊고 살라는 쉬운 그 한마디

이제야 겨우 익숙해져 가는데
사진 속에 우리 미소가
점점 닮아가고 있는데
여기서 끝나면 오래 혼자일 텐데

그걸로 충분했는데 가끔 볼 수 있다면
비 오는 날엔 생각나는 사람이 그대라면
아무런 바램도 없이 행복했었는데
그댄 오히려 그런 내가 힘겨웠는지

잡을 순 없었지만 흐르던 눈물도 감추었지만
살아가는 동안 후회해야겠지 그댈 보낸 지금을

2

가잖아

말하지 않았지만 사실 난 매일 아침이 두려워
그댈 모른다고 없던 일이라고 나를 속여가는 게 두려워

왜냐고 묻지 않았지 다시는 못 볼 텐데
가는 그대 마음을 더 아프게 할 테니
잡을 순 없었지만 흐르던 눈물도 감추었지만
살아가는 동안 후회해야겠지 그댈 보낸 지금을
말하진 않았지만 사실 난 내일 아침이 두려워
그댈 모른다고 없던 일이라고 나를 속여가는 게 두려워

그대여 떠나지 마

PART 3

반짝이는 아이디어를 찾아서

세상의 모든 사랑

종종 가사에 관심 있는 사람과 이야기하거나 가사와 관련된 인터뷰를 할 때 가장 많이 받는 질문 중 하나는 "가사는 본인의 경험을 바탕으로 쓰나요?"다. 대답부터 하자면 경험이 들어갈 때도 있고 들어가지 않을 때도 있다. 아마 모든 가사를 작사가 본인의 경험만 가지고 꾸려내야 한다면 그토록 다양한 소재와 아이디어는 등장하지 못했을 것이다.

경험과 상상. 모든 창작이 그렇듯 가사 역시 이 두 가지가 적절히 혼합돼 만들어진다고 하는 게 가장 정확한 대답이 될 것 같다.

작사가를 한마디로 정의하자면 '세상의 모든 사랑'을 이야기하는 사람이다. 슬프고 가녀린 청순가련형 가수의 흐느끼는 이별 이야기부터 마초적이고 남성미 물씬 풍기는 가수의 터프한 고백까지. 정말이지 다양한 감정과 다양한 연령대, 다양한 캐릭터와 다양한 소재로 사랑 이야기를 풀어내야 한다. 이 폭넓은 스펙트럼과 다양한 분위기의 가사를 제대로 소화해내지 못한다면 상업 작사가로서의 안정적인 활동을 기대할 수 없다.

　어느 한 분야만 잘 쓰는 것으로도 특화된 시장을 가질 수는 있겠지만, 내가 기억하는 잘 쓰고 오래가는 작사가 대부분은 올라운드 플레이어의 면모를 보여주었다. 어느 한 장르에서 출발했다 하더라도 작사가로서의 경험이 쌓여가고 필력이 붙을수록 다양한 장르를 제대로 소화하는 모습을 볼 수 있었다. 댄스 음악에서 출발했지만 결국 발라드까지 아우르고, 발라드의 감성에 특화돼 있었지만 결국 댄스 음악까지 섭렵하는 모습 말이다.

　세상에 펼쳐진 다양한 사랑 이야기를 어떻게 본인의 경험만으로 꾸려나갈 수 있겠는가. 우리가 살아가는 시간 속에서 한 사람이 가지는 경험치의 총량이나 스토리라는 건 어느 정도 비슷할 수밖에 없다. 물론 세밀하게 들여다보면 조금씩 다르고 차별점이 있겠지만, 일반적인 관점에서 크게 보면 그렇다는 이야기다.

　사랑도 연애도 이별도 아마 크게 다르지 않으리라고 생각한다. 만나다 보니 재벌 3세였다거나, 이미 누군가를 사랑하게 됐는데 알고 보니 어릴 때 헤어진 동생이라거나 하는 극적이고 강렬한 경험을 한 사람이 적어도 내 주변에는 아직까지 없으니 말이다. 소개팅으로 만나고 회사에서 일하다 좋아하게 되고, 한동안 불꽃처럼 연애하다 문득 이유도 모른 채 시들해져서 헤어지는 그렇고 그런 이야기들. 다들 엇비슷한 감정과 엇비슷한 강도의 경험들. 그러니 본인의 경험만으로는 부족하고 지루할 수밖에 없다.

내 사랑 이야기, 친구에게 들은 사랑 이야기, 책에서 읽은 사랑 이야기, 영화나 드라마 속에서 본 사랑 이야기, 그리고 평소에 마음에 들어 수집해놓은 단어나 문장. 이런 다양한 이야기의 소재 위에 작사가의 작가적 상상이 결합되고, 거기에 가수의 캐릭터나 목소리 같은 구성 요소들이 더해지면서 매번 비슷할 것 같은 한 편의 가사가 각각의 의미를 갖는 풍성하고도 개별적인 사랑 이야기로 완성된다. 중요한 건 이렇게 다들 비슷비슷한 사랑과 이별의 감정을 가사로 쓰되, 가사를 쓰고 있는 작사가만의 유니크한 시각을 가미해서 풀어내야 한다는 사실이다.

그런데 여기서 생각할 포인트가 있다. 너무 평범한 이야기는 지루하지만, 너무 특별한 이야기는 왠지 내 이야기 같지 않다는 점이다. 노래 가사는 일상의 언어고 생활의 감정이다. 내 이야기 같아야 내 노래가 될 수 있다는 것이다. 작사가가 해야 하는 가장 중요한 일이 이것이다. 부르는 사람도 듣는 사람도 '내 이야기'처럼 느낄 수 있는 가사를 쓰는 일. 그래서 그 노래를 그 사람의 노래로 만드는 일. 나만의 시선, 나만의 단어, 나만의 표현을 사용해서 모두가 공감하는 일반적인 감정을 그려내고 써내는 일. 사는 게 바쁘고 일상이 팍팍해서 그냥 스쳐 지나버린 사랑이라는 감정의 디테일을 멜로디 위에 아름답게 구현하는 일. 이것이 바로 내가 생각하는 가사 쓰기의 가장 중요한 지점이다.

각자가 놓친 감정의 구체적인 질감과 파편들을 사람들은 노랫말을 통해 느낀다. 듣고, 공감하고, 좋아하고, 기억하게 되는 것이다. 작사가는 이런 사랑의 세부 감정을 보여주고, 들려주며, 글을 쓰는 사람이다.

　그렇다면 작사가가 써야 하는 사랑과 이별 이야기는 얼마나 다양한 스펙트럼을 가지고 있는 것일까? 사실 그 다양한 스타일의 가사들을 모두 다 열거하는 것은 불가능에 가깝다. 하지만 시점과 캐릭터를 중심으로 나누면 어느 정도의 구분은 가능하다.
　우리가 흔히 듣는 대중가요 속 사랑과 이별 이야기들을 시점과 캐릭터에 따라 분류해보겠다. 이 분류라는 게 더 다양하게 세분화될 수도 있겠지만 여기에서 언급하는 가사들은 전적으로 나의 개인적인 기준이라는 점과 내 작품 중에서만 예시를 든다는 점을 다시 한 번 말해둔다.

사랑의 단계와 시점에 따른 가사 분류

짝사랑 – 니가 참 좋아(주얼리) 그랬으면 좋겠어(신승훈)

고백 – 사랑해도 될까요(유리상자) 우린 제법 잘 어울려요(성시경)

연애 시작 – 연애의 시작(이석훈) 너의 모든 순간(성시경) 묘해, 너와 (어쿠스틱 콜라보 *Acoustic Collabo*)

연애 중 – 오 나의 여신님(성시경) 현재 연애 중(써니힐) 당신이 한창(심현보)

이별 예감 – 헤어지러 가는 길(티오)

이별의 찰나 – 위태로운 이야기(박정현) 세상의 모든 이별(정재형) 가 잖아(신승훈)

이별 직후 – 이별의 맛(김범수) 더 아름다워져(성시경) 하루(박혜경)

이별 얼마 후 – 부스러기(김연우) 시간이 흐른 뒤(t윤미래) 여전히 아늑해(규현)

이별 후 캐릭터에 따른 가사 분류

순수 남녀 스타일 – 사랑인걸(모세) 더 아름다워져(성시경) 너에게 닿기를(알렉스)

이별마저 아름답게 승화시키려는 순수한 남녀 스타일이다.

'착함증' 스타일 – 다정하게 안녕히(성시경) 별의 자리(별)

다정한 게 병. 끝까지 상대에게 좋은 기억으로 남으려는 '착함증' 스타일이다.

'찌질'의 역사 스타일 – 여전히 아늑해(규현) 사랑치(신승훈) 기억을 흘리다(심현보)

궁상맞고 없어 보이지만, 모성·보호 본능을 자극하는, 말 그대로 찌질남 찌질녀 스타일이다. 개인적으로는 이 스타일이 특히 남자 발라드 음악의 기본 정서라고 생각한다.

진짜 사나이 & 걸 크러쉬 스타일 – 일기(캔디맨)

이별마저도 폼 나게. 사실은 아프지만 쿨한 척하는 남녀 스타일이다.

스토커 스타일 – 세 사람(이기찬)

먼발치서 지켜보며 끝까지 잊지 않는, 다소 질척대는 스타일이다.

저주 응징 스타일 – 벌(박미경)

저주하거나 응징하는 남녀 캐릭터로 제일 센 스타일이다.(내 가사엔 별로 등장한 적이 없는 듯하다)

우리가 늘 듣는 수많은 대중가요는 어찌 보면 모두 비슷한 이야기를 하고 있는지도 모른다. 누군가 사랑하고 헤어지는 이야기. 그래서 행복하고 아픈 이야기. 작사가는 이렇듯 비슷한 감정의 내용들을 조금씩 다른 소재와 표현들을 이용해서 포장하고 디자인하는 것이다. 다른 포장지와 다른 박스, 다른 리본과 다른 색깔로 늘 뭔가 새로운 제품처럼 느껴지게 하는 것이다. 오늘, 지금 이 순간에도 작사가들은 그 미세한 차이들을 찾아서 아이디어를 수집하고 캐릭터를 분석하고 문장을 고치고 또 고치는 중이다. 그 포장 안의 내용물은 결국, 누구나 공감하는 사랑과 이별이다.

사랑의 단계, 그리고 그에 해당하는 분류. 그 안에 들어갈 수 있는 모든 노래를 여기서 예로 들 수는 없을 듯하다. 그러니 그중에 연애 전-연애 시작-연애 중-연애 후에 해당하는 가사를 순서대로 한 곡씩만 예로 들어보겠다.

그랬으면 좋겠어

작곡 신승훈
작사 심현보
노래 신승훈

You're my lady You're my lady

사랑한단 말은 언제쯤이 제일 좋을까
좋아한단 말 다음이 자연스러운 걸까
맘에 주파수를 맞춰놓은 것처럼
단 한 번에 그 순간을 알아챘으면 좋겠어

네가 좋아하는 걸 다 알게 될 순 없을까
하루 종일 네 생각만 하면 그렇게 될까
너를 웃게 하는 일 너를 웃게 하는 말
맘에 적어둔 것처럼 알게 된다면 좋을 텐데

어쩔 수 없는 일 사랑은 또다시 날 아이로 만드나 봐
늘 너를 꿈꾸고 너를 향해 잠들고 네가 되고 싶은걸

그랬으면 좋겠어 너의 밤이 됐으면
잠든 너의 이마에 입 맞춰주었으면
세상에 맘 아픈 날 곤히 잠들 수 있게
부드러운 밤처럼 너를 안아줬으면

그랬으면 좋겠어 네 아침이 됐으면
따사로운 햇살로 너를 눈뜨게 하는
너를 쉬게 하는 모든 이름
너를 웃게 하는 모든 게 나였으면

언제나 참 알 수 없는 일
사랑은 이렇게 날 다시 물들여가고
또 처음 만나고 처음 하는 일처럼 마음이 설레어와
너의 집 앞에 닿는 골목길이 내가 됐으면
항상 그 길처럼 너의 곁에서
너를 지키고 늘 바라봤으면

그랬으면 좋겠어 너의 밤이 됐으면
잠든 너의 이마에 입 맞춰주었으면
세상에 맘 아픈 날 곤히 잠들 수 있게
부드러운 밤처럼 너를 안아줬으면

그랬으면 좋겠어 네 아침이 됐으면
따사로운 햇살로 너를 눈뜨게 하는
너를 쉬게 하는 모든 이름

너를 웃게 하는 모든 게 나였으면
나를 쉬게 하는 모든 이름
나를 웃게 하는 모든 게 너였으면

연애의 시작

작곡 황세준·김두현
작사 심현보
노래 이석훈

저…… 저기 잠시만요

웬만한 연애의 시작은 이래
저기요 정말로 예쁘시네요
이런 말하는 거 첨이긴 한데
후회할까 봐서요 떨리지만 전화번호 좀

너무 뻔하잖아 유치하고 찬란하고
손가락은 오그라들 것 같아
왜 그러나 싶었거든
근데 그녀에게 유치하게 찬란하게
나 지금 이러고 있다
죄송한데 정말로 예쁘시네요 혹시라도 알 수 있을까요 연락처

웬만한 연애의 시작은 그래
오늘은 날씨가 정말 좋네요
주말엔 뭐 해요 별 약속 없음
차 한잔할까 해서 바쁘시면 담에 할까요
별 내용도 아닌 문자들을 썼다 지웠다

이모티콘 하나에 고민 고민
왜 그러나 싶었거든

근데 지금 내가 썼다 지웠다 지웠다 썼다
시 한 편 쓸 기세 같아
커피 저녁 뭐가 더 괜찮을까요 혹시라도 볼 수 있을까요

데이트 데이트 첫 데이트
며칠째 온통 머릿속엔 그녀 생각뿐이잖아

자 시작할까
원래 연애란 유치하고 찬란하고
다 그런 거 아니겠어
저만치서 그녀의 모습이 보여 오늘따라 더 예쁘시네요
You're my love

그 사람을 아껴요

작곡 김형석
작사 심현보
노래 양요섭

눈뜨는 순간 말없이 떠오른 사람
왠지 그게 좋아서 그냥 웃었죠

바쁜 하루에 갑자기 궁금한 사람
자꾸 눈에 밟혀서 신기했죠

(그댄가요) 내 안에 조용하게 사는 한 사람
(그댄가요) 그게 참 든든한 또 한 사람

생각만 하는데도 내 맘 한쪽은
햇살이 내리듯 따뜻해져요

참 아끼고 있죠 그 사람을 아껴요
그 사람이 좋아서 아마 이곳에 태어났나 봐
늘 사랑한단 말 언제나 보고 싶단 말
그 말론 항상 부족할 만큼 그 사람을 아껴요

혼자 있는 밤 갑자기 보고 싶을 땐
마치 숨을 참듯이 맘이 벅차죠

길을 걷다가 괜스레 걱정이 돼서
발걸음을 멈추고 생각했죠

(그댄가요) 내 안에 조용하게 사는 한 사람
(그댄가요) 그게 참 든든한 또 한 사람

생각만 하는데도 내 맘 한쪽은
햇살이 내리듯 따뜻해져요

참 아끼고 있죠 그 사람을 아껴요
그 사람이 좋아서 아마 이곳에 태어났나 봐
늘 사랑한단 말 언제나 보고 싶단 말
사랑하기도 모자란 날들

참 아끼고 있죠 그 사람을 아껴요
사랑한다는 말로는 다할 수 없는 소중함이죠
그 사람 곁에서 잠들고 깰 수 있다면
내 모든 걸 다 써도 될 만큼
그 사람을 아껴요

부스러기

작곡 성시경
작사 심현보
노래 김연우

생각이 멈추는 그곳엔 항상
너의 부스러기들만 한 움큼씩 쌓여서
웃을 수도 울 수도 없어져
추억만 먹고도 사람은 살 수 있나 봐

함께 보기에 참 좋았던 하늘
나눠 받기에 충분했던 햇살
여전히 아름다운데

사랑한 사람은 어제에 남겨두고
혼자서 걷는 오늘이 버거워
눈길 닿는 곳 모두가 너라서 두 눈 질끈 감아보지만
감은 두 눈에도 니가 보여

길 건너 신호등 앞에 설 때마다
니가 좋아하던 빵집 모퉁이를 돌 때도
둘 곳 없는 한 손이 어색해

늘 니 손잡던 버릇이 아직 남아서

좋았던 날은 그리움이 되고
아팠던 날은 서러움이 되고 난 자꾸 니가 되어가

사랑한 사람은 어제에 남겨두고
혼자서 걷는 오늘이 버거워
눈길 닿는 곳 모두가 너라서 두 눈 질끈 감아보지만
감은 두 눈에도 니가 보여
살아낼 수 있을까 너 없는 오늘 하루를

손길 닿는 곳 모두가 너라서 하루 종일 숨어보지만
햇살 닿는 곳엔 한 줄 바람이 닿는 그곳엔
거짓말처럼 니가 있어 세상은 온통 니 부스러기

#02
익숙함과
참신함의 경계

오래도록 만나서 이미 익숙한 사람은 편하지만 설렘이 덜하다. 반대로 처음 만나 참신한 사람은 설레지만 아주 편하진 않다. 사람과의 관계에서도 그렇고 연애할 때도, 하물며 가사를 쓸 때도 이와 비슷한 감정을 느낀다.

몸에 맞게 잘 낡은 빈티지한 소파와 방금 구입해서 트렌디하고 예쁜 새 소파. 당신이라면 어디에 몸을 기대 쉴 것인가. 가능하다면 둘 다 준비해두길 바란다. 가사를 쓸 때 우리는 늘 익숙함과 참신함의 소파를 적절히 번갈아, 혹은 동시에 사용해야 하니까.

익숙한 소재는 참신한 표현으로, 참신한 소재는 익숙한 스토리로, 편안한 단어는 튀는 말투로, 튀는 단어는 편안한 이야기로. 가사의 밸런스는 이 익숙함과 참신함의 함량으로 결정된다고 봐도 무방하다. 과일과 채소의 혼합 주스처럼 배합의 밸런스가 훌륭한, 좋은 함량의 좋은 가사가 나오면 부르기에도 좋고 듣기에도 좋다.

왜 내가 '이윽고'라는 생경한 단어에 매료됐는지는 모르겠지만, 드라마 「별에서 온 그대」의 O.S.T였던 성시경의 너의 모든 순간을 쓰기 전부터 나는 '이윽고'라는 부사의 질감을 잘 살릴 수 있는 가사를 써보고 싶다고 생각하곤 했다.

'얼마 있다가, 또는 얼마쯤의 시간이 흐른 뒤에'란 의미를 가진 부사 '이윽고'는 사실 문학 작품 같은 데서나 사용하는 문어적인 표현이라고 생각하던 터였다. 그래도 왠지 '그러고 나서'나 '결국' 혹은 '마침내'보다는 훨씬 더 운명적이고 극적인 이미지가 숨어 있는 말이라고 느꼈다.

어쨌든 드라마가 시작되고 얼마 후, 곡을 쓰고 노래를 부른 성시경과 술을 마시는 자리가 있었다. 성시경이 디제이였던 라디오 프로그램의 고정 게스트를 하고 있었던지라 아마도 생방송이 끝난 늦은 시간에 가진 가벼운 술자리였던 것 같다.

그 자리에서 성시경은 "형, 내가 드라마 O.S.T 참여하는데 가사 하나 써줄 수 있어?"라고 제안했고 나는 당연히 "응, 그럼"이라고 답했다. 하지만 문제는 그다음 대화에 있었다.

"근데 시간이 별로 없어. 내일까지는 가사가 나와야 하고 모레쯤엔 노래해야 해. 그래야 다음 주 방송에 노래가 들어갈 수 있거든."

O.S.T의 특성상 작업이 급하게 진행되는 건 종종 있는 일이었으나 그렇다 치더라도 날짜를 너무 바투 잡고 작업해야 하는 게 좀 부담이 됐다. 게다가 그 드라마는 2014년 최고의 화제작이 아니었던가. 김수현과 전지현이란 스타 배우가 남녀 주인공을 맡았고 드라마는 인기리에 방영되고 있었다. 시청률도 대단히 높았으며 앞서 나온

O.S.T 수록곡들의 반응도 상당히 좋았다. 게다가 성시경이라는 가수에 대한 대중의 기대치도 대단히 높은 터였다. 이 모든 부담을 끌어안고 과연 내가 이 곡의 가사를 잘 쓸 수 있을지 부담을 느낀 게 사실이었다.

이어서 드라마와 곡의 느낌, 그리고 가사의 톤에 관해 이야기를 나누다가 우리 둘은 거의 새벽 4시가 돼서야 술자리를 마치고 집에 들어갔다. 그 뒤로 조금 잤고 오전 11시쯤 일어났다. 가볍게 운동하고 샤워까지 마치고 나서 커피를 마시며 데모곡을 들었다.

들으면 들을수록 곡이 좋았다. '성시경이라는 가수는 이제 곡도 완전히 잘 쓰는구나'라고 생각하며 곡을 반복해서 듣다가 갑자기 '이윽고'라는 그 생경한 부사가 떠올랐다.

400년간 지구에서 지내던 외계인 남자 주인공이 시공간을 초월해서 만난 운명적인 사랑을 표현하는 데 '이윽고' 만한 단어가 또 어디 있겠는가.

이윽고, 이윽고, 이윽고, 이윽고.

잘될 노래라 그랬을까? 노래의 벌스 부분 첫 멜로디가 신기하게도 세 음절이었고 '이윽고'가 그 멜로디에 쏙 들어갔다.

하지만 '이윽고'라는 부사는 독특한 단어였다. 노래 가사에서 거의 사용된 적이 없는 단어였고 그래서 다소 어색할 수도 있고, 조금 튈 수도 있었다.

핵심 아이디어가 될 만한 단어는 찾았지만 그다음을 어떻게 풀어가야 하는지는 떠오르지 않았다. 그래서 오후 내내 음악을 듣고 또 들었다.

첫 번째 벌스 전체는 참신하다 할 수 있는 부사 '이윽고'에 대한 설명과 운명적으로 만난 남녀 주인공의 이미지를 정의하는 데 할애했다.

'이윽고 내가 한눈에 너를 알아봤을 때
모든 건 분명 달라지고 있었어
내 세상은 널 알기 전과 후로 나뉘어'

그후에 나오는 두 번째 벌스와 후렴구는 오히려 익숙하고 편안한 톤의 문장들과 감정으로 이루어져 있다. 다만 후렴구에 등장하는 '빈틈없이 행복해'와 '남김없이 고마워' 같은 문장들은 행복의 감정과 고마움의 감정을 유니크한 표현으로 끌어내기 위해 많이 고민하고 다듬었던 기억이 난다.

행복의 절정과 고마움을 담아낼 수 있는 하나의 문장을 찾아내는 것이 이 가사의 완성도를 끌어올리는 승부처라고 생각했는데, '빈틈없이 행복해'라는 문장을 써놓고는 꽤 흡족해했다.

발라드 가사는 감정의 흐름이 매우 중요하다. 그런데 유니크한 단어나 소재들은 가끔 너무 도드라지게 드러나서 이런 감정의 흐름을 방해하기도 한다. 그래서 참신한 단어와 익숙한 말투의 조합 같은 밸런스가 중요하다. 실제로 이 가사의 '빈틈없이 행복해' 앞에는 '나는 있잖아'라는 문장이 등장한다. '빈틈없이 행복해'라는 다소 시적인 표현 앞에 일상적인 말버릇 같은 '나는 있잖아'를 배치해서 이 문장 전체의 밸런스를 너무 한쪽으로 치우치지 않도록 했다. 게다가 가장 중요한 감정의 고백인 '빈틈없이 행복해' 직전에 설렘의 뜸을

들이는 장치로도 '나는 있잖아'가 의미 있다고 생각했다.

운 좋게도 이 가사는 한 번에 컨펌됐고 추가 수정 작업 없이 바로 녹음으로 이어졌다. 녹음실에서 이 노래를 녹음하는 성시경의 목소리와 감정 처리 등을 들으면서 왠지 이 노래는 흥행하리라는 예감이 들었다.

나는 가수가 가져야 하는 여러 가지 능력 중에 가사를 멜로디에 붙이는 능력이 아주 중요하다고 생각한다. 성시경은 이 부분 역시 탁월한 보컬리스트다. 그의 목소리와 발음, 그리고 발성을 통해 가사가 멜로디 위에 안착하는 순간, 다소 겉돌던 단어나 문장조차 노래 안에 너무나도 잘 녹아드는 마법 같은 순간(나는 그를 죽은 가사도 살려내는 매직 보컬리스트라고 생각한다)을 여러 번 경험했다.

믹싱 등 후반 작업을 마치고 드라마에 이 곡이 깔리던 순간이 아주 인상적이었다. 남자 주인공이 여자 주인공을 공중으로 날아오르게 하는 영화 같은 장면(개인적으로 상당히 로맨틱하고 매력적인 장면이었다고 생각한다)에 이 곡의 클라이맥스 부분이 마치 뮤직비디오처럼 삽입됐다. 힘들기는 해도 이럴 때 O.S.T 작업의 매력을 느끼곤 한다. 가사와 곡 그리고 노래가 어우러져 마치 뮤직비디오처럼 화면과 잘 매칭되면서 곡이 몇 배 더 큰 감동으로 다가오는 때 말이다. 덕분에 나는 지금도 늘 좋은 드라마의 O.S.T 작업을 하고 싶다는 생각을 꾸준히 가지고 있다.

다행히도 이 곡의 반응은 좋았고 드라마의 인기와 함께 꽤 오랫동안 차트 상위권을 지켰다.

가사에서 참신함과 익숙함 사이의 경계를 유지하는 일은 어렵지만 매우 중요하다. 만약 어떤 소재가 한번도 가사에 사용되지 않았다면 이유는 둘 중 하나 아닐까. 좋은 소재이지만 다들 놓치고 지나갔거나 가사가 될 만큼 좋은 소재가 아니거나. 개인적으로 가장 별로라고 생각하는 가사는 파격을 위한 파격을 일삼는 가사나 천편일률적 소재와 표현의 답습을 벗어나지 못하는 가사라고 생각한다.

작사가의 진지한 고민은 늘 참신함과 익숙함의 경계, 그 어딘가에 있다.

너의 모든 순간
(「별에서 온 그대」 O.S.T)

작곡 성시경
작사 심현보
노래 성시경

이윽고 내가 한눈에 너를 알아봤을 때
모든 건 분명 달라지고 있었어
내 세상은 널 알기 전과 후로 나뉘어

니가 숨 쉬면 따스한 바람이 불어와
니가 웃으면 눈부신 햇살이 비춰

거기 있어줘서 그게 너라서
가끔 내 어깨에 가만히 기대주어서
나는 있잖아 정말 빈틈없이 행복해
너를 따라서 시간은 흐르고 멈춰

물끄러미 너를 들여다보곤 해
그것 말고는 아무것도 할 수 없어서
너의 모든 순간 그게 나였으면 좋겠다
생각만 해도 가슴이 차올라 나는 온통 너로

보고 있으면 왠지 꿈처럼 아득한 것
몇 광년 동안 날 향해 날아온 별빛 또 지금의 너

너의 모든 순간
(「별에서 온 그대」 O.S.T)

거기 있어줘서 그게 너라서
가끔 나에게 조용하게 안겨주어서
나는 있잖아 정말 남김없이 고마워
너를 따라서 시간은 흐르고 멈춰

물끄러미 너를 들여다보곤 해
너를 보는 게 나에게는 사랑이니까
너의 모든 순간 그게 나였으면 좋겠다
생각만 해도 가슴이 차올라 나는 온통 너로
니 모든 순간 나였으면

#03
확장과
축소의 미학

세계는 언제나 끊임없이 확장하고 축소한다. 미시의 세계에서 거시의 세계로, 보이는 것에서 보이지 않는 것으로. 양자역학이나 우주론처럼 어렵고 알지도 못하는 물리학 이야기 같은 걸 굳이 꺼내지 않더라도 말이다. 사람의 감정도, 매일 보는 꽃과 나무도, 하늘과 바람과 계절도 끊임없이 확장하고 축소한다.

괜히 무언가 멋있는 말로 출발한 것 같지만 사실은 가사 이야기다.

어제는 누군가를 요만큼 좋아하던 감정이 오늘은 이만큼으로 커졌다. 왠지 모르게 두려운 마음이 컸던 이별의 예감이 어쩐지 오늘은 손톱만치도 두렵지 않다. 이 모든 것, 말하자면 세상 모든 것의 확장과 축소가 가사고, 그 확장과 축소의 과정을 충실하고 정성스럽게 따라가는 게 가사를 잘 쓰는 가장 중요하고도, 분명한 방법이라고 나는 생각한다.

작고 특수하고 구체적인 무언가에서 크고 보편적이고 일반적인 무언가로의 확장. 반대로 크고 보편적이며 일반적인 무언가로부터 작고 특수하고 구체적인 무언가로의 축소. 내 이야기에서 모두의 이야기로, 누군가의 감정에서 누구나의 감정으로.

이런 확장과 축소의 과정들이 어쩌면 내가 생각하는 가사 쓰기의 전부라고 말해도 과언은 아닐 것이다. 나는 그만큼 이 과정을 중요하게 생각한다.

'가사 쓰기 이야기를 하다 말고 난데없이 웬 확장과 축소 타령인가' 싶을지도 모르겠다. 그렇다면 이제부터 무슨 소리를 하는 건지 하나하나 들여다보도록 하자.

가사를 쓸 때 핵심적인 소재가 되는 단어나 캐릭터 혹은 이미지들은 왜 존재하는 걸까? 단순히 그것에 관해 설명하려는 의도일까?

이렇게 생각해보자. 예를 들어 어떤 발라드곡 가사의 핵심 소재로 '커피'를 떠올렸다면 그 커피는 과연 가사에서 어떤 역할을 하는 것인가. 우리는 과연 커피에 관해 설명하기 위해 이 가사를 쓰는 것인가.

물론 커피라는 소재를 설명하는 것만으로도 가사는 이루어질 수 있다. 하지만 노래 가사에서 우리가 이야기하고 싶거나 듣고 싶은 내용은 대부분 사람의 감정과 관련된 것이다. 사랑과 이별에 관한 보편적이고 일반적인 감정에 대한 이야기들, 그것이 가사인 것이다.

여기까지 말했으면 이미 어느 정도는 설명된 것이나 마찬가지다. 그러니까 핵심 소재가 커피인 가사를 쓴다는 건 결국 커피라는 작고 디테일한 소재를 잘 활용해서 사랑과 이별의 감정이란 보편적 주제로 확장해가는 과정이라 정리할 수 있겠다.

상상해보자. 테이블 위에 커피가 놓여 있다. 남녀가 마주 앉아 있다. 커피 잔은 반쯤 비워졌고 둘은 말이 없다.

의뢰받은 가이드데모곡을 들으며 이런 소재와 상황을 상상했다면 이 상상과 설정을 바탕으로 가사를 써나가면 된다.

그럼 이제 상황 속에 등장하는 중요한 소재인 커피를 사랑과 이별이라는 보편적 감정과 대비해보자. 어떤 속성들을 찾아낼 수 있는가.

먼저, 커피에는 이런 속성들이 있을 수 있다.

커피는 쓰다.

커피는 끊기 어렵다.

커피를 마시면 두근거리고 잠이 오지 않는다.

커피를 마시면 속이 쓰리다.

처음 내린 커피는 따뜻하지만 점점 차갑게 식어간다.

다음으로 찾아낸 커피의 속성들을 사랑과 이별의 감정에 대비시켜보자.

이별은 쓰다.

사랑의 기억은 끊기 어렵다.

너를 생각하면 두근거리고 잠이 오지 않는다.

사랑이 끝나면 마음이 쓰리다.

처음 우리 둘은 따뜻하지만 점점 차갑게 식어간다.

이렇게 커피라는 구체적이고 특수한 소재로부터 사랑과 이별의 보편적이고 일반적인 감정으로 스토리를 확장시켜나가는 과정이 가사 쓰기의 큰 줄기라고 말할 수 있다. 물론 그 과정에 등장인물 설정이나 스토리 구성, 말투나 문체 결정, 수사법과 반복의 활용 등 글쓰기적인 요소들이 다양하게 필요하다. 하지만 가사 쓰기라는 특화된 글쓰기에서 확장과 축소의 미학을 이해하는 일은 무엇보다 중요하다.

박기영의 산책은 발라드곡이다. 일상적인 습관이나 크게 의미 없는 버릇 같은 것에서 출발해 보편적인 사랑과 이별의 대전제를 끌어내고 싶었다.

이 곡 전까지 박기영이라는 가수는 모던 록과 포크 록을 오가는, 힘 있는 노래를 주로 불렀다. 여성 로커로서의 이미지가 강했는데 나는 이 곡을 통해서 조금 더 섬세하고 성숙한 여성 보컬리스트 이미지를 사람들에게 전해주고 싶었다. 박기영이라는 가수가 사실은 굉장히 섬세한 감정까지도 능숙하게 다룰 수 있는 보컬리스트라는 걸 노래와 가사로 더 부각하고 싶었던 듯하다.

늘 걷던 길. 그것도 사랑할 때 둘이 걷던 일상적인 길을 습관처럼 혼자 걷는 주인공의 이야기가 가사 내용의 전부다. 심플한 구조이지만 그 과정에서 주인공은 혼잣말 같은 이야기를 풀어낸다. 마음속 생각일 수도 있고 전하지 못한 안부일 수도 있다.

말하듯 시작하는 벌스를 지나 후렴에서 결국 하려는 이야기는 산책 이야기는 아니다. 당연히 사랑 이야기다. 산책이라는 개인적이고 구체적이며, 일상적인 행위에서 출발해서 모든 사람이 공감할 수 있는 보편적이고 일반적인 사랑과 이별의 감정으로 확장해가는 게 이 가사 쓰기의 핵심이었다.

'사랑이라는 거 참 우스워 지우려 한 만큼 보고 싶어져'라는 후렴구의 주요 가사는 뭔가 앞뒤가 맞지 않고 아이러니하지만 저릿하게 아픈 사랑과 이별의 속성을 끌어내려고 많이 고민하고 여러 번 다듬은 문장이다.

곡을 녹음할 때 다소 부드럽고 관조적인 가사의 톤 때문에 박기영은 다소 어색해했지만 발표된 후 반응은 꽤 괜찮았다. 빅 히트곡까지는 아니더라도 천천히 많은 사람의 감정을 아우를 수 있는 노래가 된 건 가사의 맛을 잘 살려준 박기영의 노래였다고 생각한다.

오늘도, 지금 이 순간에도, 우리의 세계에선 수많은 것이 확장과 축소를 거듭한다. 원자에서 우주까지, 만남에서 이별까지, 하찮고 작은 것들로부터 대단하고 굉장한 것들까지. 그것들을 정성껏 들여다보는 게 바로 작사가의 일이다.

너의 모든 순간 그게 나였으면 좋겠다

생각만 해도 가슴이 차올라
나는 온통 너로

산책

작곡 심현보
작사 심현보
노래 박기영

별일 없니 햇살 좋은 날엔
둘이서 걷던 이 길을 걷곤 해
혹시라도 아픈 건 아닌지
아직도 혼자일지 궁금해

나 없이도 행복한 거라면
아주 조금은 서운한 맘인걸
눈이 부신 저 하늘 아래도 여전히
바보 같은 마음뿐 너의 생각뿐인데

사랑이라는 거 참 우스워
지우려 한 만큼 보고 싶어져
처음부터 내겐 어려운 일인걸
다 잊겠다던 약속
지킬 수 없는걸 forever

깨어나면 니 생각뿐인데
지난 시간들 어떻게 지우니

아무래도 난 모진 사람이 못 되나 봐
늘 이렇게 널 기대하며 살아가겠지

사랑이라는 건 참 우스워
지우려 한 만큼 보고 싶어져
처음부터 내겐 어려운 일인걸
다 잊겠다던 약속
눈에서 멀어지면 잊혀진다는 말
아니잖아 내 안에 넌 커져만 가는데

이것만 기억해줄 수 있겠니
힘겨운 날이면 이 길을 걸으며
기억 속에 사는 내가 있단 걸

사랑이라는 건 참 우스워
지우려 한 만큼 보고 싶어져
처음부터 내겐 어려운 일인걸
다 잊겠다던 약속
오늘도 이 길을 거닐어

당신이 한창은 오랜만에 발표하는 내 싱글이었다. 초여름 무렵에 발매될 곡이었는데 사실 '당신이 한창'을 핵심 문장으로 쓰는 것과 곡의 제목으로 사용하겠다는 생각은 미리 해둔 상태였다. 일상 속에서 무언가 가사가 될 만한 것들이 생각날 때마다 적어두는 습관 덕분에 언젠가 끼적거려두었던 꽤 마음에 드는 한 줄이었다.

이렇게 아이템이나 제목이 되는 핵심 문장이 있다고 해도 그 핵심 문장을 빛나게 해줄 세부 소재를 찾아내야 하는 작업은 가사를 쓸 때마다 늘 어렵고 힘들다.

'창밖에는 초록이 한창이죠. 내 마음엔 당신이 한창이에요'라는 후렴구는 가사를 쓰면서 제일 먼저 완성한 부분이다.

이 곡은 가사의 핵심 문장은 어렵지 않게 완성됐는데, 거기까지 확장해갈 작고 디테일한 소재들을 찾는 게 관건이자 난관이었다. 그러다 문득 1977년에 발사된 무인 우주선 보이저 1호가 이제 막 태양계를 벗어나고 있다는 뉴스를 보았던 게 떠올랐다.

인간은 물론이고 인간이 만든 모든 것을 포함한 무언가가 가본 적이 없는 미지의 공간 속을 끝없이 이동하고 있을 보이저 1호는 어쩌면 세상에서 가장 외로울지도 모른다는 데 생각이 미치자, 보이저 1호는 꽤 근사하고 낭만적인 소재가 됐다. '당신이 없는 나는 아마도 보이저 1호만큼이나 외로울 것이다'란 이야기를 시작으로 확장과 축소를 거듭하며 가사는 제법 마음에 들게 완성됐다.(나에게 천체와 우주, 혹은 물리는 늘 매력적인 소재다)

사실 이런 소재가 대단히 대중적인 소재로서 모두가 공감하는 지점에 분명하게 닿아 있다고는 생각하지 않지만, 가끔은 창작자 자신을 만족하게 해주는 가사도 필요하다고 생각한다. 소재가 일반적이지 않고 특별한 것이라 해도 그것을 확장해서 보편적인 감정으로 일반화해나갈 수 있다. 작사가에게 유니크하고 참신한 소재는 늘 도전의 대상이며, 나는 모든 단어가 가사가 될 수 있다고 믿는다.

　물론 상업 작사가에게는 늘 클라이언트가 최우선인 건 분명하다. 싱어송라이터와 상업 작사가는 조금 다른 지점이 있는 것도 맞다. 상업 작사가보다는 싱어송라이터가 소재나 표현 등에 다소 유연하고, 창의적인 표현 역시 자유로울 수 있다. 싱어송라이터는 본인이 창작자이자 클라이언트이고, 퍼포먼스를 펼치는 뮤지션이기 때문이다. 다만 상업 작사가라 하더라도 가사를 쓸 때 새로운 시도 자체를 두려워할 필요는 없다. 만일 그 새로운 소재나 표현을 클라이언트가 부담스러워한다면 수정할 수 있는 대안까지 준비해두면 된다. 새로운 방향이나 소재 등을 끊임없이 제시하는 역할 역시 작사가로서 롱런하는 데 큰 도움이 될 것이다. 안주하고 유지하는 것만으로는 가사 쓰기든 무엇이든 오래가기 어렵다.

당신이 한창

작곡 심현보
작사 심현보
노래 심현보

당신이 없다면 나는 뭐가 될까요
모르긴 몰라도 아마 퍽 외로울 테죠
이제 막 태양계를 벗어나고 있는
보이저 1호처럼 외로울 테죠

당신이 아니면 나는 어찌할까요
다른 건 몰라도 아마 퍽 심심할 테죠
이제 막 축제가 끝나버린 놀이공원에
회전목마처럼 심심할 테죠

창밖에는 초록이 한창이죠
내 마음엔 당신이 한창이에요
요즘에는 청포도가 제철이죠
우리에겐 연애가 제철이에요 당신이 한창이죠

당신이 아니면 나는 어찌할까요
다른 건 몰라도 아마 퍽 시시할 테죠
이제 막 영화가 끝나버린 극장 한쪽에
남겨진 팝콘처럼 시시할 테죠

초여름도 한창 청포도도 한창
내 마음속에는 또 그대가 한창이에요

창밖에는 햇살이 한창이죠
내 마음엔 당신이 한창이에요
아이스 라떼는 요즘이 제맛이래요
우리에겐 연애가 제맛이에요 당신이 한창이죠

#04
사소하고 디테일한
일상의 언어들

당신은 어떤 옷을 즐겨 입고 어떤 언어로 말하고 있는가. 주로 어떤 사람들을 만나고 어떤 이야기를 나누는가. 매일 어떤 책을 보고 어떤 음식을 먹고, 또 일과 후에는 어떤 드라마나 영화를 보는가. 연애를 시작하면 주로 어디서 데이트하고 만일 누군가와 이별한다면 어떤 식으로 헤어지는가.

이런 질문을 받는다면 그리 어려운 질문은 아니니 어느 정도 대답할 수 있을 것이다. 당신의 일상을 구성하는 요소들은 수도 없이 많겠지만 저 질문의 대답들 역시 당신의 일상을 구성하는 요소인 건 분명하다.

당신이 일상에서 경험하고 만나는 사람들과 사건들은 어떤가. 일반적인 경우, 보통 사람이라면 어느 정도의 사소하고 디테일한 차이만 있을 뿐 공통분모를 가지고 있는 대답이 나올 것이다. 아마 대부분 청바지나 정장 등을 일상복으로 즐겨 입고 한국어로 말할 것이다. 사투리를 쓴다거나 톤의 차이 정도야 물론 있겠지만 말이다.

학교 동기나 선후배들, 직장 동료들 혹은 친구들을 만나고 각자의 상황이나 모임의 성격에 따라 다양한 주제에 관해 이야기할 것이다. 연애 문제나 텔레비전 프로그램, 연예인이나 재테크, 건강이나 정치 등의 주로 소재가 될 것이다.

그때그때의 베스트셀러나 에세이, 소설을 읽고 이런저런 다양한 음식을 먹고, 지금 현재 인기 있는 드라마나 영화를 볼 것이다. 연애할 때 데이트는 주로 카페나 가까운 교외 레스토랑이나 극장이나 미술관 등을 갈 테고 누군가와 헤어진다면 역시나 카페 같은 데서 만나 이별을 통보하거나 자동차 안, 공원, 집 앞이 이별의 장소가 될 것이다. 최악의 경우라도 문자 메시지 정도일 것이다.

물론 노란색 이소룡 트레이닝복이나 태국 민속의상을 즐겨 입고 꼭 영국 남부 억양의 영어로만 말하고 주로 재벌 3세들이나 스포츠 스타들과 만나며, 만나면 반드시 우주 개발과 핵 잠수함과 관련된 이야기를 나누고 분자요리와 비잔틴 역사에 관한 책을 읽을 수도 있다. 또 꼭 아랍 식당에 가서 할랄 음식만 먹거나 1940년대 프랑스 흑백 영화와 1960년대에 방영했던 미국 드라마만 골라보고, 연애할 때 데이트는 주로 실내 낚시터만을 이용하고 누군가와 헤어질 때는 꼭 한지에 붓글씨로 이별 편지를 써서 보내는 사람도 있을 수는 있다. 개개인의 독특한 취향은 너무도 다양하고 다양하니까. 하지만 이런 특별한 사람은 아마도 극소수일 가능성이 크다.

노래 가사는 보편적이고 일상적인 동질감에서 감정적 동화가 일어나는 글이다. 누구나 부르고 누구나 듣고 누구나 좋아할 수 있는 가사여야 한다는 이야기다.

일상성.

이 단어만큼 가사 쓰기가 갖는 글의 성격을 잘 설명하는 단어도 없다. 우리가 일상에서 겪는 다양한 경험이나 상황들이 가사에 녹아든다. 대단히 특별하고 대단히 특수한 상황이 아니라, 누구나 겪고 있을 법한 일상적인 생활의 모습이 바로 그것이다.

아침에 일어나고 집에서 나와 학교나 직장으로 간다. 점심시간, 누군가와 혹은 혼자 어제와 크게 다르지 않은 식사를 하고, 각자의 일을 하며 일과 후 친구를 만나고, 술이나 차를 마시며 수다를 떤다. 소개팅도 하고 연애를 시작한 후에는 주말에 맛집을 가거나 영화를 보며 데이트도 한다. 휴가 계획을 세우고 생일이나 기념일을 챙기며 시들해지는 감정의 변화를 경험하고, 어느 순간 헤어지기도 한다. 잊지 못해 일상이 무너질 만큼 아파하고 혹시나 하는 마음에 연락도 해보고, 잘 산다는 소식에 안도하거나 상처받고 또 언제 아팠냐는 듯 다른 누군가를 만나기도 한다.

우리의 일상은 대부분 이런 모습 안에 속해 있다. 그러니 이 이야기들을 가사로 풀어내면 된다. 평범한 일상의 감정과 이야기여야 많은 사람이 공감하고 좋아할 수 있을 테니까.

자 여기서 다시 한번 정리하자면 강도나 빈도의 차이만 있을 뿐, 우리는 대부분 비슷비슷한 경험을 하면서 살아간다. 그러니 작사가는 그 비슷한 이야기를 가사로 풀어내면 된다. 다만 누구나 공감할 수 있는 보편적인 일상 중 미세하고 디테일한 순간들을 찾아내고, 캐치해내려는 노력이 필요하다.

일상을 사는 사람들이 놓치고 지나가는 찰나의 감정이나 모습들을 단어나 문장으로 가사 안에 구현해냈을 때 듣는 이들은 본인의 경험과 비교해보며 그 곡의 가사를 좋아하게 된다. '평범한 일상을 사는 평범한 사람들의 평범한 사랑과 이별 이야기'를 '사람들이 놓치고 지나가는 사소하고 디테일한 소재나 찰나의 감정들을 이용해서 조금은 특별한 이야기로 써내는 일'이 바로 가사 쓰기다.

어쿠스틱 콜라보의 묘해, 너와는 2014년에 나온 드라마 「연애의 발견」 O.S.T 수록곡이다. 배우 정유미와 에릭이 주인공으로 등장하는 로맨틱 코미디 드라마였다.

보통 드라마 O.S.T를 작업하면 작업 전에 시놉시스나 대본을 미리 받아보거나 하지만, 이 곡의 경우는 드라마가 한창 진행 중인 상황에서 의뢰가 들어왔기 때문에 급하게 몇 편을 몰아보는 것으로 전체 톤을 이해했다.

제작사의 곡 의뢰가 워낙 급하게 들어와서 데모곡을 보내고 며칠 만에 곡 컨펌이 이루어졌다. 가사 작업 역시 하루 정도의 여유밖에 없어서 곡 컨펌이 이루어진 그날 밤 안으로 써야 하는 상황이었다.

이 곡의 가사 콘셉트는 분명했다. 이제 막 사랑을 시작하는 여자 주인공의 복합적인 감정을 잘 표현하는 게 핵심 아이디어였다.

대개 사랑의 시작을 가사로 표현할 때 설렘이나 기대, 혹은 행복감이나 핑크빛 연애 감정에 초점을 맞추는 경우가 많다. 그런데 나는 실제로 우리가 연애를 시작할 때 느끼는 감정이 훨씬 복잡하고, 마음이 산란한 경우가 많다고 생각했다. 좋으면서도 불안하고, 설레면서도 심란한 연애의 이면. 심지어 우리나라 이삼십 대의 청춘들은 생각할 게 더 많다. 일, 시간, 경제적 여건 같은 현실적 문제부터 '과연 이 사람이 맞을까?' '내 감정을 믿어도 될까?' 같은 자신의 감정에 대한 확신 여부, 거기에 '그 사람도 나를 사랑할까?' '나만 이러는 거 아닌가?' 같은 의심의 감정까지 말이다.

이 모든 복잡한 감정들을 하나로 아우르는 보편적이고 일상적인 연애의 감정. '묘하다'라는 말은 거기에 적합한 표현이었다. 이런 것도 같고 저런 것도 같은 복합적이고 형언하기 어려운 감정 상태. 거기에 여자 주인공의 나이와 이미지 등을 참고해서 '묘해'라는 말투를 설정했다.

'니 생각에 꽤 즐겁고
니 생각에 퍽 외로워
이상한 일이야 누굴 좋아한단 건'
벌스 파트의 가사에 상반된 두 개의 감정을 동시에 드러냄으로써 누군가를 좋아하는 감정이 참으로 이상하다는 전제를 하고 가사를 시작했다.

'아무 일도 없는 저녁
집 앞을 걷다 밤공기가 좋아서
뜬금없이 이렇게 니가 보고 싶어'
별것 없는 평범한 일상에 대한 묘사다.(실제로 나는 이 가사를 집 앞에 나와 걸으며 스마트폰 메모앱에 썼다)

'참 묘한 일이야

사랑은 좋아서 그립고

그리워서 외로워져

이게 다 무슨 일일까'

후렴구는 핵심 아이디어인 '묘하다'를 구체화하는 걸로 풀어냈다. 좋아서 그립고 그리워서 외로운 아이러니한 감정의 쳇바퀴 말이다.

사실 이날 저녁 무렵 집 앞에 나가 걷기도 하고 딸기 우유도 마시고 저만치 앉은 누군가가 연인과 통화하는 내용도 살짝 엿들어가며 거의 두 시간 만에 완성한 가사가 묘해, 너와다.

물론 가사를 쓰기 전에 어느 정도 스토리 전개 등은 정돈하긴 했지만, 그렇다 치더라도 상당히 빨리 완성한 편이었다. 아마도 일상의 사소한 에피소드들을 편안한 내용으로 풀어냈기 때문인 것 같다. 가사는 한 번에 컨펌됐고 드라마와의 매칭이 좋아서였는지 생각보다 반응이 좋았다. 특히 이삼십 대 여성들이 많이 좋아해 주었던 곡이다. 물론 어쿠스틱 콜라보의 음색도 곡과 가사를 빛내는 데 엄청난 역할을 했다.

요즘에도 가끔 이 곡을 '인생 곡'으로 추천하는 이십 대 여성들을 SNS에서 만날 때가 있는네 그럴 때마다 작사가라는 직업의 짜릿함을 경험한다.

사소하고 디테일한 일상의 언어들. 자질구레한 당신의 일상도 순간순간이 모두 가사다.

#05
이 단어는 가사가
될 수 있는가

꽤 오랜 시간 가사를 쓰고, 곡을 쓰고, 음악을 해오면서 내가 제일 자주 했고 여전히 제일 자주 하는 질문은 바로 이것이다.

'이 단어는 가사가 될 수 있는가?'

처음 가사를 쓰기 시작했을 때는 정말이지 온종일 이 생각만 했던 것 같다. 샤워하다가, 지하철 안에서, 길을 걷다가, 심지어 친구들과 술을 한잔하다가도 수많은 단어와 문장들을 되뇌어보고 곱씹어본 후에 괜찮다고 느껴지는 것들은 끼적끼적 적어보곤 했다.

생각해보면 우리는 하루라는 시공간 속에서 수없이 많은 단어를 만난다.(지금부터는 명사·동사·형용사·부사 등 각 단어의 기능이나 명칭은 생략하고 그냥 다 단어라고 통칭하겠다) 이 단어들은 매 순간, 우리의 의지와 상관없이 각자의 삶과 시간, 사고와 감각의 체계 속으로 들어온다. 주로 눈과 귀를 통하지만, 그 두 가지 루트뿐이라고 단정할 순 없다. 가끔은 냄새와 촉감 등의 다양한 감각을 통해서 이차적으로 연상되는 단어들도 있으니까.

그렇게 수많은 단어가 우리의 일상 속으로 들어와서 사용되고 사라진다.

매일 매일. 매 순간 매 순간.

뉴스와 책과 영화와 음악과 드라마와 텔레비전 프로그램, 게임이나 만화, 친구의 이야기와 지하철 옆자리에 앉은 이의 통화에서까지도 우리는 단어와 단어 속을 살고 있다고 해도 좋을 만큼 수많은 단어를 쓰거나 듣고, 말하고 기억하며 또 잊는다.

작사가는 그 각각의 단어에 감정을 담아내는 사람이다. 스토리를 담아내고 추억을 담아낸다. 사람들이 쓰고 폐기하고 그냥 스쳐 지나가는 자질구레한 각각의 단어를 잘 들여다보고 가사가 될 수 있는 단어인지 아닌지 고민해본다. 어떤 단어 하나를 확장하고 축소하고 시각을 바꿔가며 추억과 감성과 캐릭터와 스토리를 담아낼 수 있는지 잘 만져보고 냄새도 맡아보고 분석해보는 것이다.

작사가가 가사를 쓰는 행위의 이전에는 수없이 반복된 이 질문이 늘 숨어 있다.

'이 단어는 가사가 될 수 있는가.'

언젠가 내가 재미있게 본 일본 영화 중에 「녹차의 맛」이라는 영화가 있다. 이 영화를 보고 나서 나는 '맛'이라는 단어에 관해 생각하고 또 생각했다. 과연 '맛'은 미각 기관인 '혀'와 '입'에 국한된 감각일까? 보이지 않는 기억이나 감정에도 '맛'이라는 단어를 활용할 수 있을까?

이런 생각에서 출발한 가사가 김범수가 불렀던 이별의 맛이었다.

이별의 맛

작곡 심현보
작사 심현보
노래 김범수

어제의 난 어디 있을까
달라진 바람 달라져 버린 공기
나른한 몸 고장 난 마음
감기약처럼 쓰디쓴 나의 하루

물속 같은 시간들 그 1분 1초
난 자꾸만 숨이 차올라

두 눈을 꼭 감고 두 귀를 닫고
난 너의 기억을 또 꺼내어 봐
참 달콤했던 참 달콤했던
너로 만든 케익 같던 세상

사랑을 말하던 내 입술 끝엔
아직 니 이름이 묻어 있는데
다 괜찮아질 거라 수없이 되뇌어도
입안 가득 그리움만 퍼져
이별을 맛본다

거울에도 유리잔에도
니가 좋아한 조그만 화분에도

너의 손끝이 닿았던 그 구석구석
가지런히 놓여진 추억

머리를 잠그고 가슴을 막고
난 너의 목소릴 또 꺼내어 봐
참 사랑했던 참 사랑했던
너로 만든 노래 같던 세상

내일은 아득히 멀기만 하고
오늘은 몸서리치도록 아파
다 지나갈 거라고 수없이 타일러도
맘 가득 서러움이 흘러

널 원하면 원할수록
조금씩 너는 멀어져 가
So far away

두 눈을 꼭 감고 두 귀를 닫고
난 너의 기억을 또 꺼내어 봐
참 달콤했던 참 달콤했던

너로 만든 케익 같던 세상

사랑을 말하던 내 입술 끝엔
아직 니 이름이 묻어 있는데
다 괜찮아질 거라 수없이 되뇌어도
입안 가득 그리움만 퍼져
이별을 맛본다

이별을 맛본다

이 가사에서 나는 수사법을 상당히 자주 사용했다. 직유나 은유
같은 수사에서부터 공감각적인 표현들까지. 아마도 '이별'이나 '그
리움'이라는 추상적인 감정이 '맛'이라는 구체적인 감각으로 치환되
는 과정에서 수사는 반드시 필요했으리라.

이별에도 맛이 있다. 예감하지 못했을수록 머리칼이 곤두서도록
시고, 기억이 달콤할수록 입안이 아리도록 쓰다.

'이 단어가 가사가 될 수 있는가'에 관한 상상이나 궁리는 아이디
어를 찾아낸다는 관점에서 보면 작사가에게 가장 중요한 질문이다.

물론 좋은 아이디어만 있다고 해서 가사를 제대로 완성할 수는
없다. 좋은 가사를 쓰기 위해서는 생각보다 다양한 조건이 충족돼야
하니까 말이다. 하지만 분명한 건 좋은 아이디어가 '좋은 재료'라는
점이다. 비슷한 요리 실력을 갖추고 있다면 좋은 재료를 가진 사람

이 그렇지 않은 사람보다 맛있는 요리를 해낼 가능성이 높다.

단어에 대한 상상은 문장으로 옮겨가고, 문장은 캐릭터를 형성하고, 캐릭터는 글의 톤이나 분위기를 잡게 해주고. 이 모든 것이 작용해서 하나의 스토리로 엮어야 비로소 한 편의 가사가 된다.

가사가 될 수 있는 단어인가 아닌가의 기준점은 사람마다 다르다. 그러나 역시 대중가요 가사다 보니 가장 중요한 것은 대중성을 담보할 수 있는가다. 특정한 단어가 가사의 소재로 쓰여서 사람들이 좋아할 만한 이야기가 돼줄 수 있는가에 대한 문제다.

존재하는 어떤 단어도 가사가 될 수는 있다. 적어도 내 생각은 그렇다. 그러나 좋은 가사, 사람들이 좋아하는 가사가 되는 것은 다르다. 단어가 가사가 되는 과정이 억지스럽지 않아야 한다. 무리해서 얻는 독특함은 그저 튀기만 하는 패션과 같기 때문이다. 예쁘지도 멋지지도 않고 그저 튀기만 하는 패션이 의미 있다고 여기는 건 자기 자신뿐이다. 그걸 보는 사람들은 그저 눈살을 찌푸리거나 전혀 관심을 보이지 않는다.

무리해서 가사가 된 단어들은 그저 튀기만 할 뿐, 공감을 얻어내지 못한다. 단어가 가사가 되는 과정에서 상업 작사가가 늘 고민해야 하는 건 바로 이 지점이다.

'내 가사를 내가 설명하려 들지 말 것.'

굳이 그 가사를 설명해야 한다는 건 이미 뭔가 잘못됐다는 이야기다. 나는 언제나 좋은 가사는 긴 설명 없이 다른 사람의 고개를 끄덕이게 만들어야 한다고 생각한다.

커피 전문점에 가서 커피를 주문하면 가끔 '진동 벨'을 준다. 어느 날 문득 커피를 기다리다가 이 '진동 벨'이라는 신기한 어감의 단어도 가사의 소재가 될 수 있을까 하는 생각이 들었다. 그 생각이 깊었는지 벨이 울렸을 때 소스라치게 놀랐고, 그게 가사의 소재가 된 적도 있다.

박시환은 슈퍼스타k4에서 준우승한 친구였다. '볼트청년'이라는 닉네임이 붙으며 팬덤이 생겼고, 스토리가 있는 친구였다. 오디션 프로 이후 준비했던 박시환의 앨범을 내가 프로듀싱하게 됐는데 타이틀은 원래 가지고 있던 슬픈 이미지나 분위기를 바꿔서 업 템포의 밝은 음악으로 가자는 결론이 나온 상태였다. 그렇게 해서 이 앨범의 타이틀곡이 된 디저트는 박시환의 밝고 긍정적인 면을 부각해서 만든 곡과 가사였다. 반면 이 앨범의 수록곡 중 하나였던 가득해는 내가 원래 박시환을 보며 느낀 캐릭터나 이미지를 자연스럽게 그대로 투영한 가사였다.

나이보다는 조금 더 성숙하고, 아픈 이별의 경험이 있는 순수하고 여린 청년의 이미지.

'진동 벨'이라는 생경한 단어가 발라드 가사임에도 자연스럽게 멜로디 안에 용해될 수 있었던 것은 박시환이라는 가수가 가지고 있는 순수한 슬픔의 이미지 때문이라고 생각한다. 나는 '잊고 싶지만 자꾸 떠오르는 그 사람 때문에 알면서도 매번 놀라는 여린 청년의 이미지'를 박시환에게서 보았나 보다.

어떤 단어는 가사에 힘을 보태고, 어떤 단어는 가사에 힘을 빠지게 한다. 평이하고 단조로운 말투나 스토리 라인 속에서도 잘 골라져 배치된 단어 하나가 가사의 전체 분위기를 살리고 스타일을 만들어주기 때문이다.

노래 가사는 단어로 연결된 짧은 글이다. 게다가 공간 제한적글이다.(멜로디의 공간이 제한적이니까) 그래서 그 위치에는 꼭 그 단어가 들어가야 하는 이유가 있어야 한다. 대치될 수 있는 수많은 다른 단어와 비교한 후에 선택한 최적의 단어가 배치되는 것만으로도 가사는 한결 훌륭해지는 법이니까.

오늘도 우리는 수없이 다양한 단어 속을 살아간다. 말하고 듣고 읽고 쓰며 사용한다. 그 단어 하나하나의 온도와 질감, 추억과 기억, 스토리와 감정을 떠올려보라. 가사가 되기를 기다리는 수많은 단어가 일상에서 우리를 기다리고 있으니.

다시 한번 말하지만 모든 단어는 가사가 될 수 있다. 그리고 모든 단어는 노래와 함께 사람들을 사로잡을 수 있다. 다만 그 단어가 꼭 가사가 돼야 하는 작사가의 판단 기준만 명확하다면 말이다.

가득해

작곡 심현보
작사 심현보
노래 박시환

기억이란 게 정말 사라지긴 하는 걸까
잠을 깬 새벽 물을 마시다 네가 떠올라
환하게 불 켜진 주방 한켠
냉장고 문을 연 채 한동안 멍하게 서 있어 참 아파

시간이란 게 마치 멈춰버린 것 같잖아
다시 그때로 다시 그때로 둘이었던 때로
햇살이 부서지던 거리와
흩날리던 웃음소리 행복했던 그 시절에 너를 생각해

가득해 내 머릿속은 온통 너라서
다른 생각은 할 수 없게 됐나 봐
가득해 내 가슴속은 온통 너라서
숨 쉬듯 이렇게 매 순간 너뿐인가 봐

기억이란 게 결국 잊혀지긴 하는 걸까
집 앞에 나와 커피를 사다 네가 또 그리워
손에 쥔 진동 벨이 울리듯 하루에도 몇 번씩
떠오르는 네 생각에 여전히 놀라

가득해 내 기억 속은 온통 너라서
모든 건 너에게로 흘러가나 봐
가득해 내 마음속은 온통 너라서
다른 사람 따윈 들어올 자리가 없나 봐

가만히 날 불러주던 익숙한 목소리
조용히 널 안고 있으면 느껴지던 가벼운 떨림

가득해 내 머릿속은 온통 너라서
다른 생각은 할 수 없게 됐나 봐
가득해 내 가슴속은 온통 너라서
숨 쉬듯 이렇게 매 순간 너뿐인가 봐

기억이란 게 정말 사라지긴 하는 걸까

ppp

PART 4
나만의 가사 쓰기 팁과 가벼운 기법들

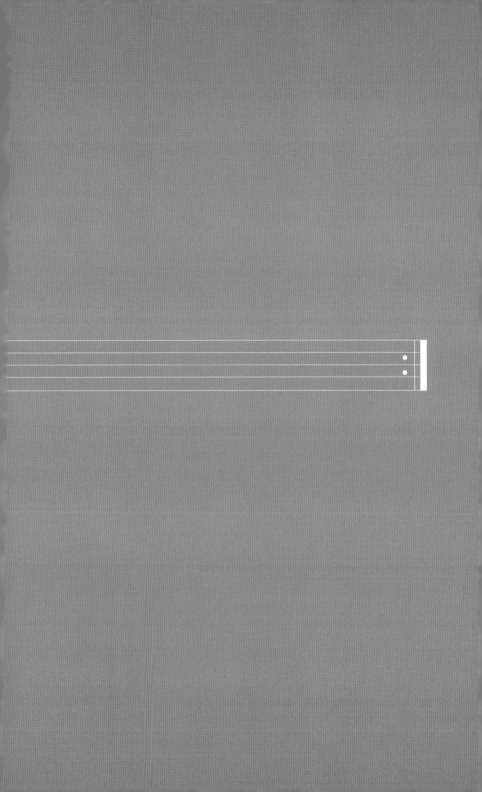

#01
머릿속으로
문장을 만들고 부숴라

한 편의 가사를 완성하기까지는 어느 정도의 시간이 걸리는 걸까. 작업 시간의 평균값을 구하기 어려울 정도로 다양하다. 짧게는 몇 시간에서부터 길게는 한 달 가까운 시간을 쓴 적도 있으니 말이다. 하지만 일반적으로 작사가가 클라이언트로부터 의뢰받은 가사를 완성해내야 하는 마감 기한은 짧으면 이틀에서 사흘, 길면 2주에서 3주 정도인 듯하다. 케이스마다 다양하지만 일반적으로는 그렇다.

그러면 가사 작업을 하는 기간 내내 작사가는 컴퓨터 모니터 앞에 앉아서 글을 쓰는 것일까? 물론 다들 그렇지는 않을 것이다. 이것 역시 습관이나 스타일에 따라 작사가마다 조금씩 다르겠지만, 나는 모니터 앞에 앉아 활자로 글을 쓰는 데 할애하는 시간을 최소화하려고 애쓰는 편이다. 그래서 길어도 서너 시간을 넘지 않는 시간 안에 가사를 완성하는 경우가 많다. 물론 초고이긴 하지만 몇 시간의 간격을 두고 한두 번 더 미세하게 수정하면 대부분은 써야 하는 가사를 완성할 수 있다.

서너 시간이라는 짧은 시간 안에 노래 가사 한 편을 완성한다고 하면 자기 자랑처럼 느껴지거나 너무 수월하게 작업하는 것처럼 느낄 수도 있겠지만, 사실은 이렇다. 실제로 모니터 앞에서 글을 쓰기 전에 머릿속으로 수없이 많은 문장을 만들고 부수기를 반복하는 것이다.

가사는 멜로디 위에 쓰는 글이다. 짧을 글이고 제한적·제약적인 글이다. 그래서 전체 내용이나 스토리도 중요하지만 핵심 문장이나 단어가 멜로디의 어디에 배치되느냐가 무엇보다 중요하다.

글을 쓰기 전에 써야 하는 가이드데모곡의 멜로디를 충분히 들어서 인지하고 나면 그 멜로디의 여기저기에 문장을 끼워 맞춰보는 과정이 필요하다. 물론 핵심 아이디어나 콘셉트, 혹은 캐릭터와 연동된 내용이나 문장이어야 한다. 이렇게 머릿속으로 멜로디 위에 문장을 만들어보고 부수는 과정을 반복하면서 곡에 어울리는 톤이나 말투, 분위기로 조금씩 접근해가는 것이다. 그와 동시에 만든 문장으로 멜로디를 불러보기도 하고, 만들어진 문장 중 괜찮다고 생각되는 문장을 중심으로 스토리의 얼개도 어느 정도 구상해본다. 결국 모니터 앞에 앉아 가사를 쓰는 시간 이전에, 대강의 핵심 문장이나 말투, 캐릭터의 성격이나 스토리의 방향 등이 정해놓는 경우가 많다는 이야기다.

내가 머릿속으로 문장을 만들고 부수는 과정을 중요하게 생각하는 이유는 이 과정에서 가사를 내가 원하는 방향으로 컨트롤하는 힘이 생기기 때문이다.

써야 하니까 쓰는 가사는 써지는 대로 쓸 가능성이 매우 높다. 나는 이렇게 써지는 대로 쓰는 가사로는 상업 작사가로 이름을 알리고 성공하기 어렵다고 생각한다. 왜냐하면 써지는 대로 쓰는 가사는 작사가의 컨디션이 좋아서 잘 써질 때는 괜찮지만 잘 써지지 않을 때 문제가 되기 때문이다. 가사를 쓸 때는 써지는 대로 쓰는 게 아니라 내가 쓰고자 하는 방향대로 써야 한다. 가사 전체를 내 통제하에 두어야 한다는 말이다.

나는 가사를 쓸 때 머릿속으로 문장을 만들고 부수는 과정이 마치 건축가가 설계도를 그리는 과정과 흡사하다고 생각한다. 건물을 짓다 말고 구조를 바꿔야 한다면 너무도 어려운 작업이 될 가능성이 높다. 그러니 아직 건물을 시공하기 전 설계 단계에서 미리 만들고 부수는 가상의 작업이 이루어져야 한다. 그리고 일단 시공에 들어가면 설계도의 도면대로 해나가면 되는 것이다.

작사가의 작업 과정은 일반적인 글쓰기와는 조금 다르다는 이야기는 이 책의 곳곳에서 이미 여러 번 언급했다. 이걸 달리 말하면 작사가만의 특화된 사고체계와 글쓰기 과정이 있다는 이야기가 된다. 작사가는 아직 글이 없는 음악을 듣고 그 음악의 느낌과 부합하는 아이디어를 찾는다. 아이디어를 찾는 과정에서 가수의 성향이나 목소리, 제작사의 상황이나 발매일 같은 수많은 조건을 고려해야 한다. 아이디어가 잡히면 그 아이디어에서 파생되는 단어나 문장들을 멜로디에 매칭하고, 이것들을 확장하고 축소해나가며 스토리를 만들어낸다. 발음과 톤, 멜로디와의 '밀착감'까지 고려하면서 말이다.

말로 풀어서 쓰고 나니 엄청나게 복합적인 작업이다. 이렇게 복합적인 작업이니만큼 사전 작업이 너무나도 중요한데, 그 사전 작업이라는 게 멜로디에 맞춰 문장을 만들고 부수는 과정이라고 할 수 있다.

나는 운전 중에 가이드데모곡을 들으며 단어나 문장을 떠올리는 일이 많다. 운전하는 자동차 안에서 가사의 중요 문장을 완성할 때도 많다. 그뿐만이 아니다. 러닝머신 위에서, 동네 공원 벤치에서, 일반적으로 가사를 쓸 것이라고 상상하지 않는 공간에서 나는 문장을 만들고 부수는 일련의 작업을 수행할 때가 많다. 그리고 무언가 가닥이 잡히면 그때 노트북이나 모니터 앞에 앉아 감정적으로나 체력적으로 지치기 전에 최소한의 시간을 들여 최대한 임팩트 있게 가사를 완성하려 애쓴다.

일기

작곡 박성진
작사 심현보
노래 캔디맨

차라리 잘된 거야 그래 그렇게 믿을래
아주 많은 슬픔들 중에 하날 견뎠다고
조금씩 지울 거야 그래 그렇게 하면 돼
시간이란 마술 같은 것 잊을 수 있을 거야

하루에 하나씩 너의 따스함을 잊어내고
하루에 하나씩 고마웠던 일도 지워
사랑했던 일조차 없었던 것처럼
날 그렇게도 잘해주던 넌 없는 거야
눈물 나는 날들도 가끔은 오겠지
꼭 그만큼만 아파할게 사랑한 이유로

차라리 잘된 거야 그래 그렇게 믿을래
시간이란 마술 같은 것 잊을 수 있을 거야

하루에 하나씩 너의 따스함을 잊어내고
하루에 하나씩 고마웠던 일도 지워
사랑했던 일조차 없었던 것처럼
날 그렇게도 잘해주던 넌 없는 거야

눈물 나는 날들도 가끔은 오겠지
꼭 그만큼만 아파할게 사랑한 이유로
그만큼만 지워갈래 하루에 하나씩

더 아무것도 채울 수도 없는 지금
아낌없이 주기만 했던 지난날 후회 없어

캔디맨의 일기라는 곡은 라디오를 중심으로 잔잔하게 사랑받은 곡이다. 특히나 여성들이 노래방에서 많이 부르는 곡이었고 몇몇 가수들이 리메이크할 정도였다. 아마도 쓸쓸한 이별의 정서를 담담하고 과하지 않게 그려낸 덕분인 듯하다.

이 곡의 가사 중에서는 후렴구의 '하루에' '하나씩'에 해당하는 세 음절에 어떤 말을 배치하는가가 중요한 지점이었다. 기억이라는 추상의 무언가를 잊고 지우는 일을 막연한 다짐의 대상이 아닌 구체적인 수치로 표현해서 듣는 사람에게 어필하고자 했다. 그냥 너의 수많은 기억을 조금씩 잊는다는 게 아니라, 하루에 하나씩 잊겠다는 구체적인 다짐은 마치 이별 계획표처럼 현실적인 슬픔을 가져오는 효과를 얻는 문장이었다. '하루에 하나씩'이란 문장은 그래서 중요했고, 그 부분의 멜로디를 흥얼거리며 수없이 문장을 만들고 부수기를 반복한 끝에 얻어진 결과물이었다.

Month of June

작곡 맥케이
작사 심현보
노래 맥케이

니가 나를 불러줄 때마다 설레

햇살은 hello 니 머리 위로 부서져

널 힐끗 바라보다 두 눈이 마주치면

그래 뭔가 다른걸 두근거려 신기한 heart beat

너와 나란히 길을 걷고 있어

가볍게 니 어깨에 내 팔을 두르고서

무얼 하기에도 딱 알맞잖아

이 무렵에는 공기마저 달콤하니까

oh~ baby 이렇게 말할래 있잖아 지금 제일 예뻐

어제는 갔고 내일은 알 수 없잖아 6월 너와 나 오늘을 기억해

너와 romantic month of June 바람이 우릴 스쳐 가

넌 항상 지금 제일 예뻐

맨 뒷자리 쪽 창가 자리가 좋아

나란히 둘이 어디든 상관없잖아

늦봄과 여름 사이 그리고 우리 사이

bus radio에선 니가 좋아하는 sweet love song

너와 까만 밤바다를 보고 싶어

조용히 니 이마에 입을 맞추고 싶어

별이 쏟아지는 기분일 거야

너와 둘이면 날개라도 생길 것 같아

oh~ baby 이렇게 말할래 넌 말야 지금 제일 예뻐

세상엔 온통 우리만 가득하잖아 6월 너와 나 오늘을 기억해

너와 romantic month of June 별들이 우릴 스쳐 가

니가 웃을 때마다 코를 찡긋할 때마다

뭐랄까 신기해 묘해지는 순간

사랑한단 건 이런 기분인 걸까

세상 모든 게 감동스러워

맥케이*McKay*는 한국어가 서툰 친구였다. 외국 생활을 오래 해서 그런지 계속 우리말을 사용해온 사람과는 어딘지 조금 다른 뉘앙스의 발음이 있었다. 나는 발음 문제를 단기간 연습으로 해결할 수 없다고 판단했다. 그래서 가사를 쓰기 전에 영어 가사로 녹음된 이 곡을 정말 많이 들었다. 수도 없이 문장을 만들고 부수면서 어색하지 않은 발음과 적당한 영단어의 활용 등을 고민했다.

제목은 이미 나와 있는 상태였으므로 특히 발음에 가장 많은 신경을 썼다. '햇살은 hello' '신기한 heart beat' 같은 부분은 직접 따라 불러보며 발음을 디자인했는데 'hello'에서는 열린 발음으로 공

간의 여운을 주려 했고 'heart beat'에서는 닫히고 마무리되는 발음으로 스타카토로 부르는, 강조의 기분을 원했다. 독자들도 이 부분을 따라 불러보면 아마 내 이야기를 조금은 이해할 수 있을 것이라 믿는다.

가사를 쓰기 전과 쓰는 내내 머릿속으로 문장을 만들고 부숴라. 작사가는 수없이 반복되는 문장의 재조합을 통해서만, 작사가만의 특화된 글쓰기 방식에 익숙해질 수 있다.

#02
당신의 글이
카메라 앵글이라면

영화 「노트북」을 기억할지 모르겠다. 잔잔하지만 소소한 감동을 주었던 영화였던 걸로 기억하는데, 개봉한 지 10년이 훌쩍 넘어 재개봉했다는 소식이 들리는 걸 보니 수작^{秀作}임이 분명하다.

이 영화는 평범하고 지고지순한 러브 스토리다. 이제는 할아버지가 된 노아가 할머니 앨리에게 들려주는 사랑의 일대기다. 열일곱 살 무렵 처음 만났던 순간부터 제2차 세계대전을 거쳐 현재에 이르기까지 두 주인공의 수십 년에 걸친 사랑 이야기다.

왜 뜬금없이 영화 이야기를 꺼내는지 궁금할 것 같아 본론으로 들어가겠다. 이 장황한 시간의 기록은 가사가 될 수 있을까? 수십 년을 아우르는 시간의 경과와 두 주인공의 거대한 사랑 일대기를 과연 몇 분짜리의 노래 가사로 써넬 수 있을까? 나는 아직 이런 긴 시간의 경과를 가사로 옮기는 것은 시도해보지 못했지만, 가능하다고 생각한다.

내가 생각하는 가사의 커다란 매력이 바로 이런 것이기도 하다. 찰나의 순간부터 수십, 수백 년의 시간까지, 혹은 그 이상의 시간까지도 필요하다면 충분히 가사로 풀어낼 수 있다는 것. 생각해보면 우리가 듣는 수많은 대중가요도 다양한 시간의 경과를 소재로 하고 있다. 이별 이야기만 예로 들더라도, 이별의 순간 찰나의 감정부터 이별하고 하루 뒤, 일주일 뒤, 한 달 뒤, 일 년 뒤, 혹은 몇 년 뒤까지 어떤 시점에 해당하는 부분을 소재로 사용한 노래를 어렵지 않게 찾을 수 있다.

어디 시간의 경과뿐인가. 공간의 이동과 시점의 이동 역시 자유롭고 다양하다. 현재에서 과거로, 과거에서 미래로, 내 머릿속에서 상대의 마음속으로, 상대의 마음속에서 내 방 안으로, 내 방 안에서 다시 상대의 집 앞으로. 소재와 내용에 따라 달라지긴 하겠지만 한 편의 짧은 가사 안에서도 다양한 시공간 이동과 시점 이동을 표현의 기법으로 활용할 수 있다는 이야기다. 마치 영화감독처럼 다양한 앵글과 기법들을 통해 다양한 감정과 시점을 노래 가사로 풀어낼 수 있다는 뜻이기도 하다.

만일 당신이 지금 헤어지고 있는 두 남녀에 관한 가사를 쓰고 있다고 가정해보자. 당신의 카메라는 어디에서 출발할 것인가. 만약 타이트하게 줌인*Zoom in*해서 여자 주인공의 얼굴에서 출발한다면, 천천히 여자 주인공의 눈에서 뺨을 따라 흐르는 눈물의 궤적을 따라가면서 가사를 시작할 수 있다. 그러다가 다시 줌아웃*Zoom out*해서 멀리 빠져나올 수도 있다. 그 둘이 서 있는 곳을 크게 훑어 보여주거나 멀리서 해가 지고 있는 하늘을 한동안 보여줄 수도 있다. 또 순간적으로 시공간을 이동해서 과거의 어느 한 시점, 예컨대 추억 속의 어딘가를 보여주다가 다시 현재로 돌아와 꽉 쥔 남자의 두 주먹을 한동안 클로즈업할 수도 있다.

이런 일련의 상황과 감정을 보여주는 데 3분 남짓을 충분히 사용할 수 있지만 실제 스토리의 물리적인 시간은 두 남녀가 헤어짐을 말하는 5초쯤일 수도 있다. 그 5초는 그저 찰나의 순간일 뿐이지만, 다양한 시점으로 카메라가 이동하고 시공간을 오가며 3분이라는 시간을 들여 세심하게 보여주고 들려주게 되는 것이다. 그러니 반대의 경우, 이를테면 몇십 년 이상의 긴 시간의 경과 역시 이렇게 3분 남짓의 가사가 될 수 있을 것이다.

하나의 예로 살펴본 바와 같이, 다양한 기법을 이용하면 가사를 풍성하게 꾸려낼 수 있다. 사람들이 자신이 듣고 있는 노래 속 주인공이 된 것 같은 기분이 들게 하는 건 저런 기법들 때문이 아닌가 싶다.

성시경의 더 아름다워져는 헤어진 지 얼마 지나지 않았을 무렵의 이야기다. 얼마간의 시간이 흐르고 나서 아픔이 추억으로 변해갈 즈음의 감정을 가사로 풀어내고 싶었다. 모든 이별 노래가 그렇겠지만 나는 사람이 느끼는 이별의 아픔이라는 게 결국 물리적인 헤어짐과 감정적인 잊음 사이의 괴리와 간극에서 기인한다고 생각한다. 헤어지는 순간 전부 잊을 수 있다면 힘들고 어쩌고 할 이유도 없지 않은가. 그렇게 쿨한 잊음도 물론 가사의 소재가 될 수야 있겠지만 발라드라는 장르에는 좀 어울리지 않는 것 같다. 발라드는 태생부터 뭔가 '찌질'하고 궁상맞은 감정을 내포하고 있으니까 말이다. 가사의 주인공이자 화자인 내가 헤어져서 아픈 이유는 대부분 잊지 못하기 때문이다. 잊어야 좋을 텐데 잊지 못하는 기억과 추억들. 그래서 발라드의 주인공은 어딘가 안타까워 보이고 측은해 보이는 것 아닐까. 그 아프고 측은한 감정의 상태를 음악으로 들으며 우리는 아마도 일정 부분 자신의 이별과 동질감을 느끼며 공감하게 되고 '다들 그렇구나' 생각하며 치유되는 게 아닐까 싶다. 내가 아플 때, 평소에는 와 닿지 않던 아픈 노래가 마음을 '쿡'하고 찌르는 법이니까.

다시 가사로 돌아와 이야기해보자.

성시경의 더 아름다워져는 시공간과 시점, 카메라 앵글의 이동을 활용해서 가사를 쓴 대표적인 경우다. 가사의 시작은 분명한 현재의 시점 그리고 내 공간이다.

'지금 이 순간 간절히 내가 바라는 한 가지'

그리고 이어지는 벌스의 두 번째 파트에서 시점은 과거로 이동한다.

'너의 무릎을 베고 바라보던 하늘과 때마침 불어주던 바람'

여기서 팁 하나. '불어오던 바람'과 '불어주던 바람'의 차이를 생각해보면 좋겠다. '불어오던 바람'은 가사의 두 주인공인 '나'와 '너'와는 관계없이 그 세계에 늘 존재하는 바람이고 '불어주던 바람'은 그들을 위해 그 세계에 생성된 바람이다. 한 글자 차이로 엄청난 의미 차이를 가진 두 표현처럼 미묘하고 미세한 차이로 디테일한 감정의 밀도까지 달라진다는 걸 기억하자.

이어서 후렴구로 가면 시점은 다시 현재의 내 마음속으로 이동한다. 사랑에 관한 대전제, 추억에 관한 대전제를 끌어내고 1절이 마무리된다.

그리고 2절 d 브릿지 파트는 미래의 어느 한 시점을 바라는 내용
이다.

'말할 수 있게 된다면'

마지막 후렴구에서 카메라 앵글은 다시 현재의 시점 내 공간이
아닌 그(녀)의 공간으로 이동한다.

'어떤 사람을 만나고 어떤 노래를 듣고'

이렇듯 3분 남짓의 짧은 노래, A4용지 한 장도 안 되는 짧은 가사
안에서도 시공간과 시점, 앵글은 끊임없이 변화하며 다양한 표현과
감정 처리로 내용을 풍성하게 만들어준다.

더 아름다워져

작곡 김현철
작사 심현보
노래 성시경

지금 이 순간 간절히 내가 바라는 한 가지
여느 때처럼 전화기 너머 니 목소릴 들으며
보고파 이야기하는 일

거짓말처럼 그렇게 돌아가고픈 한순간
조용히 너의 무릎을 베고 바라보던 하늘과
때마침 불어주던 바람

사랑이란 게 어쩌면 둘이란 게 어쩌면
스쳐 가는 짧은 봄날 같아서
잡아보려 할수록 점점 멀어지나 봐
추억이란 자고 나면 하루만큼 더 아름다워져

잊는다는 게 어쩌면 지운다는 게 어쩌면
처음부터 내겐 힘든 일이라 손사래 쳐보지만
시간은 자꾸 날 타일러

사랑이란 게 어쩌면 둘이라는 게 어쩌면
스쳐 가는 짧은 봄날 같아서

잡아보려 할수록 점점 멀어지나 봐
기억은 늘 쓸데없이 분명해져

다시 니 눈을 보면서
사랑해 가볍게 말할 수 있게 된다면

어떤 사람을 만나고 어떤 노래를 듣고
또 가끔은 날 생각하기는 하는지
어느새 또 세상은 너 하나로 물들어
추억이란 자고 나면 하루만큼 더 아름다워져

또 다른 가사를 예로 들어보자. 슈퍼스타k4의 우승자 박재정의 파이널 무대 곡이었던 첫눈에다. 사실 이 곡도 작업할 수 있는 시간이 매우 짧았던 기억이 난다. 생방송인 파이널 무대 본방송을 3일 앞두고 의뢰가 들어와서 데모곡을 받았다. 하루 만에 가사를 써야 박재정도 하루 정도 생방송 무대를 준비할 수 있는 시간이 생긴다고 했다. 하필이면 그때는 겨울이었고 연말인지라 약속과 모임이 많은 시즌이었다. 가사를 써야 하는 날도 취소할 수 없는 모임 때문에 밖에 있었는데 이 가사 부탁 역시 거절할 수 없는 상황이었다. 무엇보다 곡이 포기할 수 없을 만큼 좋았다.

사람들에게 양해를 구하고 모임 장소 근처에 있는 카페로 가서 메일로 데모곡을 다운받아서 이어폰을 낀 채로 몇 시간 동안 듣고 또 들었다. 그러다가 문득 카페 건너편에 혼자 앉아 누군가를 기다리던 여성이 눈에 들어왔다. 당시 열아홉 살이었던 박재정이 이 자리에서 그 사람을 바라보고 있다면 어땠을까라는 질문부터 가사를 써내려가기 시작했다.

박재정의 시선으로 상대방을 관찰한다. 카메라의 앵글도 그 시선을 따른다.

'가만히 머리를 매만진다
따뜻한 라떼를 주문한다 지금 그녀는'

벌스는 세부 묘사에 해당하는 부분이다. 그리고 상황 묘사를 지나 후렴구에서는 상상과 실현의 단계로 넘어간다. 2절의 d 브릿지 파트에서는 내내 카페 안에 머물던 카메라 앵글이 처음 창밖으로 이동하고, 그 순간 창밖에서 첫눈이 내린다.

무대 위에서의 극적인 연출까지 염두에 두고 쓴 가사였는데, 실제 파이널 무대에서 나의 상상 그대로 연출됐고, 박재정은 그 오디션 프로그램에서 우승했다.

당신이 가사를 쓰게 된다면 늘 고민해야 하는 게 있다. 아직 가사가 없는 노래에서 당신은 작가이자 감독이기도 하다. 그러니 구체적인 카메라의 앵글까지 상상하고, 고민하길 바란다. 그 디테일한 상상이 전체 가사의 느낌을 확연히 다르게 만들 테니 말이다.

이건 여담이지만 그날 카페에서 휴대전화로 가사를 쓰고 메일로 보낸 시간은 꽤 늦은 시간이었고, 모임도 이미 끝난 후였다. 그 사람들에게 미안해서 나중에 다시 약속을 잡고 술을 샀던 생각이 난다.

첫눈에

작곡 황세준, melodesign
작사 심현보
노래 박재정

가만히 머리를 매만진다
따뜻한 라떼를 주문한다 지금 그녀는
한동안 거리를 바라본다
이어폰 볼륨을 높여본다 혼자인 걸까

까만 치마 울 스웨터는 그레이 포근하게 보여
한순간도 눈을 뗄 수 없어 숨죽이고 바라본다

어떤 노래를 들을까 어떤 남자를 만날까
난 그냥 멍하니 상상에 빠져본다 말을 건네볼까
시간 좀 내줄 수 있냐고 한눈에 알았다고
바보 같지만 반한 거라고 첫눈에

살며시 다리를 꼬아본다
전화기 화면을 매만진다 누굴 기다릴까
까만 치마 울 스웨터는 그레이 포근하게 보여
아주 잠깐 눈이 마주치고 숨 막힐 듯 두근거려

어떤 노래를 들을까 어떤 남자를 만날까

난 그냥 멍하니 상상에 빠져본다 말을 건네볼까
시간 좀 내줄 수 있냐고 한눈에 알았다고
바보 같지만 반한 거라고

시간은 째깍째깍 흘러가고
커피는 어느 사이 식어가고
나 내내 머뭇거리다
말을 건넨 그 순간 흐린 창밖으로 영화처럼 첫눈이

함께 영화를 본다면 함께 첫눈을 본다면
난 그냥 멍하니 상상에 빠져본다
열아홉 아직은 어려도 한눈에 알았다고
바보 같지만 좋아한다고
사랑할 것만 같다고 반한 거라고 첫눈에

#03
끊임없이 완성하고
꾸준히 고쳐라

서킷트레이닝*Circuit Training*이라는 체력 단련법이 있다. 체력 단련에 시간이라는 요소를 더해서 일정한 시간 동안 일정하게 세팅된 운동을 반복하며 체력과 근력을 향상하는 방식이다. 조금 다르게 느껴질 수도 있는데, 나는 가사를 쓰는 일(물론 다른 글을 쓰는 일도 마찬가지이겠지만)에도 근력과 체력이 필요하다고 생각한다.

앞서 말한 내용처럼 가사를 쓰는 작업은 대부분 시간과의 다툼일 때가 많다. 글을 빨리 쓰는 게 좋은 작사가의 절대적인 기준은 아니겠지만, 빨리 쓸 수 있어야 상업 작사가로 성공할 가능성이 높아지는 건 분명하다. 가끔 컨디션 좋을 때 아주 여유 있는 시간을 주면 어쩌다 한 번씩 좋은 가사를 쓴다고 상업 작사가의 일을 제대로 해낼 수 없기 때문이다. 본인의 창작품을 만들어내는 예술가는 될 수 있겠지만 말이다.

가사 작업은 철저히 클라이언트의 의뢰에서 시작되는 일이라고 말해도 무방하다. 프리랜서 직업군 대부분이 그렇겠지만 찾는 사람이 있어야, 수요가 있어야 일을 할 수 있다. 의뢰받은 곡의 가사를 완성해야 하는 시한에 맞춰, 경쟁력 있고 매력적인 글로 아주 잘 써내야 살아남을 수 있고 오래갈 수 있다.

요즘처럼 대중가요의 작업 과정이 시스템화되고 점점 더 작사가 사이의 경쟁 구도가 치열해져 갈수록 결국 중요한 건 빨리 쓰고 잘 쓰는 능력이다. 그냥 잘 쓰는 게 아니라 정해진 기한에 맞춰 잘 써야 한다. 그냥 빨리 쓰는 게 아니라 클라이언트의 의도와 기획 방향, 그리고 대중성과 글로 완성도까지 잡을 수 있는 좋은 가사를 써야 한다. 그렇기 때문에 가사를 쓰는 일은 규칙적인 트레이닝이 중요하고, 글의 근력과 체력이 중요한 것이다.

최초의 아이디어와 방향을 흐트러뜨리지 않고, 힘 있게 가사를 진행하고 마무리하는 능력, 글의 힘.

곡도 가사도 마찬가지지만 사실 학생이나 작사가 지망생, 혹은 처음 써보는 사람들의 특징은 너무나도 비슷하고 분명하다. '뒤로 갈수록 힘이 빠진다'는 점이다. 곡의 시작점이나 가사의 시작점, 도입이 되는 벌스의 테마는 좋은데, 뒤로 갈수록 왠지 글의 힘이 빠진다. 진행은 어수선해지고 스토리는 엉성해지다가 결국엔 가서는 안 될 산으로 가고 마는 전형적인 용두사미다.

핵심인 아이디어나 소재, 혹은 말투나 분위기를 끝까지 힘 있게 진행하고 마무리하는 능력은 4분짜리 짧은 곡과 가사를 쓸 때도 쉬운 일이 아니다. 그래서 가사를 꾸준히 쓰고 고치는 일이 매우 중요하다. 완성하고 수정하고, 완성하고 수정하는 일, 거기에 규칙적인 시간의 요소를 더하면 습작의 효과도 더 커질 것이다.

15년을 넘게 400편이 넘는 가사를 써온 나 역시도 한 달 정도만 가사 쓰기를 놓고 있으면 어쩐지 글이 힘이 빠지고 불안해지는 경험을 하곤 한다.

어느 날 갑자기 '가사는 어떻게 쓰는 거였더라?' 하고 자신에게 막연한 질문을 던질 것 같은 두려움.

"가사 쓰는 능력을 키우고 싶은데 어떻게 하면 좋을까요?"라고 묻는 많은 사람에게 내가 하는 대답은 늘 비슷하다.

"꾸준히 쓰세요."

"끊임없이 쓰고 계속 고치세요."

"가사가 마음에 들 때까지 고치면서 완성작을 늘려가세요."

사실 나는 지금도 여전히 좋은 가사를 쓰는 방법은 이게 전부라고 믿고 있다.

여기에 몇 가지 구체적인 팁을 더하자면 이렇다.

첫 번째는 앞서 언급한 것처럼 팝이나 외국곡에 맞춰 가사를 쓰는 것이다. 보통 작사가 지망생들이 가이드데모곡을 구하기 어려울 테니 팝의 멜로디를 듣고 음절을 파악하고 발음이나 분위기까지 고려하며 쓰는 연습이 될 것이다.

두 번째, 규칙적으로 기한을 정해놓고 쓰기 바란다. 2주에 한 곡 정도가 적당할 듯한데, 처음에는 한 달에 한 곡 정도로 출발해서 서서히 기한을 줄여나가는 것도 좋은 방법이다. 정해진 기한 내에 가사를 완성하고 완성작의 편차를 줄이는 연습이 될 것이다.

세 번째, 그 곡을 불렀으면 좋겠다고 생각되는 가수를 구체적으로 정하고 가사를 써보기 바란다. 막연하게 쓰는 가사보다는 구체적인 가수를 정하고 시작하면 그 가수에 맞춰 다양한 상상과 아이디어를 구체화하는 연습을 할 수 있다. 노래를 부를 가수와 어울리는 가사를 쓰는 능력 역시 상업 작사가에게는 매우 중요한 요건 중 하나다.

네 번째, 소재와 스토리는 유지하면서 문장의 구조를 바꾸고 수정하며 최적의 배치를 찾아내는 과정을 꼭 해보길 권한다. 가사가 한 번에 컨펌되는 일은 그리 많지 않다. 제작사나 프로듀서, 작곡가나 A&R 등의 수정 요구에 따라 다양하게 가사를 바꿀 수 있는 유연성을 기르는 연습이 될 것이다.

신승훈과의 작업은 늘 힘들다. 그리고 힘든 만큼 뿌듯하다. 그가 워낙 세밀한 부분까지 완벽주의를 보이는 성향의 뮤지션이기도 하고 수많은 빅 히트곡들을 만들어낸 뛰어난 작사가이기도 하기 때문이다. 어쩌면 신승훈과 꾸준히 작업하고 있다는 것 자체가 나에게는 큰 영광이자 훈장이라고 말할 수도 있겠다. 그는 가사의 미학과 상업 음악의 포인트 등을 너무나 잘 알고 있는 노련한 음악 선배이자, 이미 자신의 음악 세계를 완성한 대가다.

그런 신승훈과의 작업은 나에게는 매번 뭔가 하나 더 배우게 되는 시간이다. 실제로 신승훈과의 작업을 마칠 때마다 나 자신도 내 가사가 조금씩 좋아지는 느낌을 받곤 한다. 그런 기분이 드는 가장 큰 이유는 미세 수정의 반복 때문이 아닐까 싶다.

어떤 때는 가사를 써나가는 동시에 통화하며 디테일을 조율하거나 전체의 방향을 의논하기도 한다. 이런 식으로 의견을 주고받다가 구체적인 아이템이 잡히는 순간 바로 전화를 끊고 전체를 완성한 경우도 종종 있었다. 그러고 나면 남는 과정은 미세 수정이다. 행간이나 디테일을 계속 미세하게 수정하면서 전체를 세공한다. 마치 보석처럼 말이다.

신승훈은 이런 면에서 가장 까다로운 클라이언트다. 그 미묘한 차이들을 너무나도 잘 알고 있고 자신에게 어울리는 단어나 말투 등도 본능적으로 체득한 아티스트이기 때문이다. 가끔은 수정 과정이 너무 힘들고 곤란하게 느껴지기도 하는데, 그렇게 그와 가사 한 편을 완성하고 나면 그다음 작업은 한결 수월하고 편해진 느낌을 받곤 한다. 아마도 신승훈과의 작업을 통해 내 글에 근육이 붙고 단단해진 게 아닌가 싶다. 그래서 항상 신승훈과의 작업은 나에게 의미 깊고, 그에게 고맙다. 사랑치의 가사는 그런 신승훈과의 작업 중에도 가장 힘들고 뿌듯했던 작업이다.

후렴구의 '넌 나만 없지만 난 하나도 없어'는 이 가사의 훅*Hook* (청자를 사로잡는 짤막한 음악 구절이나 가사)이라고 할 만한 부분이다. 저 문장 하나를 몇 번이나 고치고 또 고쳐서 완성한 기억이 난다. 마지막 부분의 '넌 어디에 있니 또 내 맘속이니' 역시 처음에는 없었으나 여러 번 거듭해서 고치며 만들어지고 다듬어진 문장이다.

흔히 무언가를 처음부터 잘하지 못하는 사람을 가리킬 때 '~치'를 쓰곤 한다. 예를 들면 음치 박치 몸치 같은 단어다. '사랑치'라는 단어는 신승훈의 아이디어였다. 가사로 쓸 수 있는가를 고민하고 있다고 했는데 그 아이디어를 들은 내가 제목으로 쓰자고 했다. 애잔한 발라드 가사가 될 것 같은 예감이 들었기 때문이다.

처음부터 사랑을 잘하지 못하는 사람. 그 감정이 서글프고 어딘지 쓸쓸했다. 사랑치의 가사는 내가 썼지만 제목과 아이디어는 신승훈에게서 나왔다. 간혹 이렇게 마음이 맞는 누군가와 정서적인 교감을 이루며 작업할 수 있다는 것도 작사가 가진 매력 중 하나다.

전체적으로 다섯 차례 정도 수정한 이 가사는 쓰는 동안에나 쓰고 나서나 감성적인 포만감을 주었다. 고치는 과정이 참으로 힘들었지만 고치고 나니 한결 좋아졌다.

끊임없이 완성하고 꾸준히 고쳐라.

그것만이 당신의 가사에 당신의 색깔을 만들어줄 것이고, 그 색깔이 생겨야 누군가 당신의 가사를 원할 것이다.

사랑치

작곡 신승훈
작사 심현보
노래 신승훈

기억은 어쩌면 사랑보다 조금 욕심이 많은가 봐
네 손끝 하나도 그 말투 하나도 버리지 못하나 봐
마음 한구석에 쌓이고 쌓이다 때론 미소가 되고 때론 눈물이 돼
온통 너로 만들어진 나의 하루는 참 더디고 길어

넌 나만 없지만 난 하나도 없어
두 눈을 감으면 내 안에 오늘도 니가 뜨고 니가 저물어
또 하루를 견뎌 니가 버리고 간 추억으로 울고 웃으면
반쯤은 바보가 돼버리나 봐 사랑이 멈추면

널 안고 있을 때 시간은 언제나 바쁘게 달아나서 잡히지 않더니
너의 부스러기만 안고 있는 지금 멈춰 선 것 같아

난 너를 부르고 넌 대답이 없고
또 뒤돌아보면 저만치서 내게 손 흔드는 너의 추억들
너만 아는 마음 한 조각씩 떼어버리면 언젠가 잊을까
마음도 반쯤은 없어지나 봐 사랑이 멈추면

사랑치

넌 어디에 있니 어디까지 갔니

두 눈을 감으면 내 안에 오늘도 니가 뜨고 니가 저물어

또 하루를 견뎌

니가 버리고 간 추억으로 울고 웃으면

반쯤은 바보가 돼버리나 봐 넌 어디에 있니 또 내 맘속이니

#04
각자의 취향

언젠가 내가 좋아하는 것들을 적어본 적이 있다. 무슨 이유에서였는지는 알 수 없지만 그냥 말 그대로 좋아하는 것들을 하나하나 구체적으로 적어보았다. 그런데 생각보다 많이 적을 수 없어서 조금 놀랐다. 분명하고 구체적으로 좋아하는 것이 의외로 너무 적어서 '나는 호불호도 애매하고 별 재미도 없는 무색무취의 인간인가' 잠시 고민해보기도 했지만, 그 정도는 아닌 듯하다.

아마도 사람들 대부분이 나 같을 것이다. 각자의 바쁜 일상을 살아가느라 자신의 내면 속 목소리에 귀 기울이지 못하는 우리는 그냥 좋은 게 좋은 상태로 하루하루를 보내는 경우가 많다.

그냥 단정하게 튀지 않게 입고, 남들 먹는 것과 비슷한 걸로 아무거나 먹고, 심지어는 내가 뭘 좋아하는지, 싫어하는지 등은 전혀 중요하게 여기지 않아도 별다른 문제 없이 살아갈 수 있으니 말이다.

사람들은 모두 각자의 취향을 가지고 있다. 그것은 늘 그대로이기도 하고 시간이 지나면서 달라지기도 한다. 어떤 것들은 처음부터 좋아했고 어떤 것들은 우연한 기회에 알게 돼서 조금씩 빠져들기도 한다. 어떤 것들은 좋았다가 싫어지고, 또 어떤 것들은 그 반대이기도 하다. 다른 어떤 것들은 없어도 될 만큼 좋지만 어떤 것들은 없으면 큰일 날 만큼 좋다. 취향의 차이는 그 사람의 성격이나 분위기나 스타일을 만들고, 이런 취향의 다양성은 그 사람의 행복 밀도와도 직결된다.

나는 좋아하는 걸 분명하게 알수록 행복해질 가능성도 커진다고 생각한다. 어떤 사람은 봄을 좋아하고 어떤 사람은 여름을, 또 다른 사람은 가을이나 겨울을 좋아한다. 좋아하는 이유도 각자 다르고 좋아하는 강도도 각자 다르다. 하지만 만약 누군가 "너는 어느 계절을 좋아해?"라고 묻는다면 대부분은 그냥 '봄'이라고 대답할 가능성이 높다.

여기서 우리는 조금 더 생각해볼 필요가 있다. 어떤 봄을 좋아하는지, 특별히 더 구체적으로 봄의 언제를 좋아하는지, 봄의 무엇을 좋아하는지, 누구와 함께하는 봄을 좋아하는지. 사실 봄을 좋아하게 된 구체적이고 분명한 이유는 따로 있을 텐데 그건 놓치고 그저 막연히 '나는 봄이 좋아'라고 생각하거나 말하는 것이다. 어쩌면 당신이 좋아하는 봄의 구체적인 실체라는 건, 막 벚꽃이 피기 시작할 무렵의 거리 분위기일 수도 있고, 연두색이 초록색으로 바뀌기 직전의 나뭇잎일 수도 있으며, 새털구름이 가득한 오후 3시 무렵의 파란 하늘일 수도 있고, 좋아하는 사람과 걷던 공원의 냄새일 수도 있다.

이렇게 좋아하는 것들이 구체적인 요소를 가지면 가사를 쓸 때

유니크하게 표현할 수 있는 능력도 좋아질 수 있다.

취향이 곧 스타일이다.

작사가에게 취향의 다양성이나 구체적인 취향의 발견은 상당히 중요하다. 내가 좋아하는 걸 구체적이고 다양하게 찾아내고서 그것들을 가사의 중요한 소재나 이야기의 구성 요소로 사용할 수 있기 때문이다. 물론 각각의 구체적인 취향들을 보편적으로 공감할 수 있는 이야기로 만드는 능력은 필요하지만 말이다. 어쨌든 각자의 구체적이고 다양한 '개취'가 가사의 좋은 소재가 되는 것만은 분명하다.

좋아해는 앞서 이야기한 간단한 질문에서 출발한 가사였다.

내가 좋아하는 것들은 뭐가 있었지? 그것들을 한번 나열해볼까? 내가 좋아하는 그 많은 것보다 사실 내가 더 좋아했던 건 언제나 너였어. 이런 이야기 구조로 가사를 마무리하면 간단하지만 알싸한 맛이 나는 괜찮은 가사가 될 것 같았다.

좋아해

작곡 심현보
작사 심현보
랩 메이킹 김진표
노래 요조(feat.김진표)

정말 좋아해 너무 달지 않은 라떼
비 갠 거리로 가볍게 나서는 산책
몇 번이나 본 로맨틱 코미디 또 보기

정말 좋아해
차가운 녹차 맛 아이스크림
문득 떠나는 하루짜리 짧은 여행
햇살 좋은 날 무심코 들어선 미술관

(그리고 너의 곁)
어떻게 지낼까 정신없이 살다가도
거짓말처럼 막 보고 싶고 그래
너의 곁에선 하루가 참 짧았었는데 기억하니

(언제나 둘이던)
그리운 시간들 돌아가고 싶은 한때
떠올리다 보면 어느새 웃곤 해

좋은 일들만 너의 앞에 가득하기를 바랄게
여전히 널 좋아해

rap)

정말 미안해

너를 지켜주지 못해 끝까지 널 사랑해주지도 못해

참 미안해 내 맘 나도 모르겠어

이제 끝난 건데 대체 왜 아직도 내 가슴 이 안에 너가 가득한데

하지만 난 다시 돌아가는 것은 안 돼

널 피하네 그게 진심은 아닌데 널 피하네

미안해 그래 나 아직 너를 좋아해

(그리고 너의 곁)

어떻게 지낼까 정신없이 살다가도

거짓말처럼 막 보고 싶고 그래

너의 곁에선 하루가 참 짧았었는데 기억하니

(언제나 둘이던)

그리운 시간들 돌아가고 싶은 한때

떠올리다 보면 어느새 웃곤 해

좋은 일들만 너의 앞에 가득하기를 바랄게

여전히 널 좋아해

한참이 지나도 변하지 않는 것이 있나 봐
니가 알던 나는 여전히 여기 있나 봐
자꾸만 코끝이 찡해오네 너를 기다리나 봐

(그리고 너의 곁)
어떻게 지낼까 정신없이 살다가도
거짓말처럼 막 보고 싶고 그래
너의 곁에선 하루가 참 짧았었는데 기억하니

(언제나 둘이던)
그리운 시간들 돌아가고 싶은 한때
떠올리다 보면 어느새 웃곤 해
좋은 일들만 너의 앞에 가득하기를 바랄게
여전히 널 좋아해

이 가사의 포인트는 취향의 디테일에 있다. 실제로 내가 좋아하는 것들과 노래를 불러준 요조의 이미지를 함께 고려해서 벌스의 아이디어를 구체화했다. 그냥 라테가 아니라 너무 달지 않은 라테, 그냥 산책이 아니라 비 갠 직후의 산책, 그냥 영화가 아니라 몇 번이나 본 로맨틱 코미디. 녹차 맛 아이스크림과 하루짜리 여행, 그리고 무심코 들어간 미술관 역시 가사 전체의 스타일을 잡아주는 구체적이고 분명하며 특화된 취향이다.

이렇게 특화된 취향은 노래를 듣는 사람으로 하여금 주인공이나 가수, 혹은 화자의 캐릭터를 상상하기 쉽게 도와주고 몰입하기 좋게 만든다. 구체적 취향의 소재나 에피소드 위에 보편적 사랑 이야기를 더하면 된다.

단순히 취향에 관해서 이야기하려고 이 가사를 쓰기 시작한 건 아니다. '이런 모든 좋은 것보다 더 좋아한 너'에 관한 이야기가 결국 이 가사에서 하려는 이야기다. 사랑과 이별, 그리고 잊힘이라는 평범한 주제 속에 디테일하고 구체적인 개인의 취향을 녹여낸 가사인 셈이다.

꼭 가사 쓰기가 아니라 해도 개인의 취향에 대한 이해는 늘 소중하다고 생각한다. 내 취향을 알아야 타인의 취향도 이해할 수 있고, 그래야 다른 사람과의 관계도 행복에 근접할 수 있기 때문이다.

바로 오늘 한번 써 보는 것도 좋을 것 같다. 당신이 좋아하는 것들을 아주 디테일하고 구체적으로 50가지만. 아마도 쉽지 않을 것이다. 만일 가능하다면, 당신은 이미 행복해질 수 있는 구체적인 방법을 50개나 가지고 있는 셈이다.

#05
가끔은 시, 가끔은 광고

가끔은 시를 쓰는 기분이고 가끔은 광고 문구를 만드는 기분. 또 어떤 때는 시와 광고라는 '상반된 글쓰기'를 동시에 하고 있는 느낌. 가사를 쓰는 기분을 설명할 때 내가 자주 하는 말이다.

사실 가사는 시도 아니고 광고 문구도 아니다. 멜로디 위에 쓰는 글이고 노래를 통해 목소리로 들려지는 글이기 때문에 다른 글쓰기와 비교해서 설명하는 것 자체가 다소 어렵기도 하다. 다만 시와 광고를 예로 드는 이유는 발라드와 업 템포 등 장르가 각각 다른 가사를 쓸 때 작사가가 중요하게 생각하는 지점의 차이, 그 느낌의 차이를 설명하기 위해서다.

결론부터 이야기하자면 내 경우에는 발라드 가사를 쓸 때는 시나 에세이를 쓰는 기분에 더 가깝고 업 템포 가사를 쓸 때는 광고 문구를 쓰는 기분에 더 가깝다.

이 이야기를 좀 더 구체적으로 풀어보자면 이렇다. 발라드 가사를 쓸 때는 함축이나 수사 같은 시적 기법부터 감정선과 스토리 라인, 행간의 미묘한 변화와 느낌까지도 섬세한 글로 잡아내야 한다. 감성적인 부분이 조금 더 중요시되는 글이라고 말할 수도 있다.

우리가 발라드를 듣는 이유는 주로 감성적으로 동화되기 위함에 있다. 그러니 발라드 가사는 감성적인 글이다. 슬프거나 감동스럽거나 마음이 찡하거나 따스하거나, 그 노래와 가사에서 우리는 감정의 동화를 맛보고 싶다고 느끼며, 또 그래야만 흘려듣던 그 노래를 좋아하게 된다.

울고 싶은 날 우리는 발라드 한 곡이면 울 수 있다. 그것이 발라드의 힘이다. 발라드는 조용히 듣고 혼자 감상하는 음악인 것이다.

여기 이별 노래가 한 곡 있다고 가정하자.

만일 당신이 누군가와 헤어졌다면 실제로 헤어졌기 때문에 그 노래를 듣는 순간, 그것은 당신의 노래가 될 것이다. 당신이 그 노래의 주인공이고 당신은 주인공으로서 그 노래의 감성에 동화될 것이다. 또 당신이 그런 이별의 상황에 맞닥뜨리지 않았다고 해도 그 이별 노래 가사를 통해서 슬프고 아픈 이별의 감정을 음미하고 맛볼 수 있다. 누군가의 이별 이야기를 노래로 들으며 관객이나 감상자로서 그 감정에 동화될 것이다.

모든 노래와 글, 혹은 영화와 미술 등 예술이 다 그렇겠지만, 결국 발라드 가사도 듣는 이가 감성적으로 영향받고 공감할 수 있어야 한다. 따라서 감성적으로 동화되고 글로도 훌륭한, 공감되는 글을 쓰고자 하는 게 발라드 가사 쓰기의 궁극적인 목표가 아닐까 한다.

박정현의 위태로운 이야기는 쓰는 내내 시를 쓴다는 기분으로 쓴 가사였다. 처음 곡의 데모를 받았을 때는 R&B 특유의 발음이나 멜로디의 소울Soul 때문에 한글 가사가 잘 어울리지 않을까 봐 많이 고민했던 기억이 난다. 게다가 노래를 부를 가수가 박정현이었기 때문에 더더욱 영어를 많이 활용할지 말지를 결정하는 게 어려웠다. 수없이 가이드데모곡을 들으며 고민한 결과, 오히려 영단어 활용을 최소화하고 다분히 시적인 표현을 많이 사용하는 가사를 쓰자는 쪽으로 생각이 좁혀졌다. 박정현은 미국에서 온 R&B 가수였고 그땐 한국어가 다소 서툴렀지만 오히려 그런 그녀가 깊이 있는 한글로 이루어진 가사를 제대로 소화해낸다면 더욱 멋진 곡이 될 수도 있다고 생각했기 때문이다.

전체적으로도 그렇지만 특히 벌스 부분은 축약과 시적 표현을 많이 사용했고, 후렴구는 은유나 직유 같은 수사를 많이 활용했다. 개인적으론 마음에 들었지만 다소 난해하다고 느낄 수 있어서 클라이언트가 어떻게 반응할지 반신반의했는데 다행히도 박근태 작곡가는 한 번에 오케이를 해주었다.

멜로디나 작곡가와의 팀워크가 좋았고 가수의 노래도 훌륭했던 작업. 그 기억 때문인지 지금도 개인적으로 좋아하는 가사 중 하나다. 가사가 완성됐을 때 대부분은 아쉽지만, 이렇게 나도 만족하는 가사도 아주 가끔은 있다.

위태로운 이야기

작곡 박근태
작사 심현보
노래 박정현

절정을 지나버린 모든 것
결국 시들어가는 많은 것
지금 난 그 가운데 있어

숨소리 하나 흔들림 없이
작은 떨림도 없는 눈으로
지금 넌 마지막을 말해

조금 아플 것도 차차 나을 것도
느리지만 잊을 것도 넌 이미 다 알고 있었을까
아무 이유 없이 그래 이유 없이
Love 못 믿을 사랑 더없이 위태로운 마음의 장난

반짝이며 웃던 많은 날들도
심장 소리처럼 뛰던 사랑도
그저 흘러가는 저 강물 같아
기도처럼 깊던 오랜 믿음도
그저 변해가는 저 계절 같아
참 위태로운 이야기

조금씩 사라지는 모든 것
결국 부서져 가는 많은 것
지금 난 그 가운데 있어

아무런 망설임도 없는 듯
마치 날씨 이야기를 꺼내듯
지금 넌 헤어짐을 말해

보낼 수 있는데 그건 괜찮은데
내가 정말 서러운 건 아무런 이유도 없다는 것
익숙함을 지나 지루함을 지나
Love 못 믿을 이름 이토록 부질없는 슬픔의 마법

태양처럼 빛난 모든 순간도
노래 소리 같던 그 속삭임도
헤어짐을 향한 막연한 항해
한땐 목숨 같던 나의 사랑도
그저 스쳐 가는 찰나의 바람
참 위태로운 이야기

태양처럼 빛난 모든 순간도
노래 소리 같던 그 속삭임도
헤어짐을 향한 막연한 항해

한땐 목숨 같던 나의 사랑도
그저 스쳐 가는 찰나의 바람
참 위태로운 이야기

발라드의 대척점에 있는 업 템포는 뇌리에 강하게 남는 핵심 문장과 아이디어, 그리고 훅이 중요하다. 소위 유행할 만한 요소, 화제가 되거나 회자할 만한 문장이나 표현들을 발음까지 고려해가며 잘 배치하는 일이 중요한데, 이런 게 광고 글쓰기와 흡사하다. 내가 쓴 가사 중에 성시경이 부른 우린 제법 잘 어울려요만 보더라도 잘 알 수 있다. 그 노래 이전에는 '잘 어울려요'라는 말 앞에 '제법'이라는 부사를 많이 쓰지 않았으나 그 노래가 발표되고 히트한 이후에는 연애 프로그램이나 열애 기사 제목 등에 '우린 제법 잘 어울려요'라는 문장이 빈번하게 사용되는 걸 보곤 한다. 나는 이런 것 역시 대중가요의 힘이라고 생각한다.

업 템포 음악에서는 미세하고 섬세한 감정의 변화나 스토리 라인보다는 캐릭터의 이미지나 아이템이 상대적으로 더 중요하다. 핵심이 되는 한 줄의 문장이 더 중요하다.

우리는 업 템포 음악을 감상한다기보다는 즐긴다. 들썩이고 움직이며 신나거나 흥에 겨운 감정을 느끼기 위해 듣는다. 그러니 가사 역시 그렇게 감각적이어야 한다. 발라드 가사에서 감성과 감정선 그리고 순수한 글의 힘이 조금 더 중요하다면, 업 템포 가사에서는 감각과 아이템, 그리고 발음의 뉘앙스 등이 조금 더 중요하다고 말할 수 있다. 물론 나는 업 템포의 댄스곡 가사를 많이 써본 편은 아니지만, 꼭 댄스 넘버가 아니더라도 업 템포 음악은 거의 광고 문구 쓰기와 비슷한 성격을 가지고 있다.

딕펑스*DICKPUNKS*의 VIVA 청춘에는 철저히 기획한 가사를 썼다. 밝고 에너지 넘치는 밴드의 색깔이 분명했고 앨범 전체를 아우를 수 있는 아이디어가 필요했다. 그때 우연히 떠났던 여행지에서 알게 된 스페인어 프리마베라*Primavera* (스페인어로 비바*Viva* 는 파이팅이나 만세라는 의미를 가지며, 프리마베라는 봄, 인생의 절정, 청춘 등의 의미가 있다)가 아이디어가 돼주었다. 그 아이디어를 통해서 몇 개의 파편적인 소재(이를 테면 스니커즈, 허름한 편안함, 바람, 햇살, 공기, 청춘)를 배치하면서 봄의 발랄함과 청춘의 반짝임을 표현하고 싶었다.

이 가사는 운 좋게도 당시 인기 프로그램이었던 「꽃보다 할배」의 타이틀곡으로 쓰이며 많은 사람의 사랑을 받았다.

아이디어를 준 여행지 펍*Pup*에서 보았던 스페인 청년들에게 고맙다는 말을 하고 싶다.

VIVA 청춘

작곡 심현보
작사 심현보
노래 딕펑스

꽤 오래된 스니커즈 그 허름한 편안함
널 만나러 가는 길은 설렘 자꾸 걸음이 빨라져

음 너와 둘이서 걸으면 말야
왠지 좋은 데로 가는 기분이야 어디라도 난 좋은걸

(VIVA PRIMAVERA) 바람이 분다 웃는다
(VIVA PRIMAVERA) 햇살은 부서진다
(VIVA PRIMAVERA) 공기가 달다 참 좋다
(VIVA PRIMAVERA) 청춘은 또 빛난다
반짝여라 젊은 날 반짝여라 내 사랑

늘 거닐던 이 거리 그 익숙한 다정함
고개 돌려보면 니 옆얼굴 나도 모르게 웃곤 해

음 너의 이야기를 들으면 말이야
왠지 좋은 일이 생길 것 같아져 언제라도 난 좋은걸

(VIVA PRIMAVERA) 바람이 분다 웃는다
(VIVA PRIMAVERA) 햇살은 부서진다
(VIVA PRIMAVERA) 공기가 달다 참 좋다
(VIVA PRIMAVERA) 청춘은 또 빛난다
반짝여라 젊은 날 반짝여라 내 사랑
VIVA

멋진 날이야 멋진 일이야
너와 함께 있는 오늘이 푸르게 반짝여
손잡아볼까 가만히 라라라라라라
입 맞춰볼까 가만히 라라라라라라
반짝여라 젊은 날 반짝여라 내 청춘

(VIVA PRIMAVERA) 바람이 분다 웃는다
(VIVA PRIMAVERA) 햇살은 부서진다
(VIVA PRIMAVERA) 공기가 달다 참 좋다
(VIVA PRIMAVERA) 청춘은 또 빛난다
반짝여라 젊은 날 반짝여라 내 사랑

꽤 오래된 스니커즈 그 허름한 편안함
널 만나러 가는 길은 맑음 멋진 오늘이 기다려

#06
평범한 일상의
세밀한 관찰자

일상을 가만히 들여다보는 일은 언제나 생각보다 재미있고, 생각보다 감동적이다.

　주말 오후 카페에 앉아 오가는 사람들을 보는 일도, 봄날 동네 공원에서 햇빛과 바람의 변화를 느끼는 일도, 밥 먹고 사람 만나고 차 마시고 영화 보고 술 마시는, 그런 익숙한 생활의 모습들도. 그 순간 순간마다 구구절절 가사가 될 수 있다.

　다들 각자의 생활에 쫓겨서 그냥 스쳐 지나가는 자질구레하고 아무것도 아닌 일상의 모퉁이들. 그 다양하고 소소한 구석구석을 섬세하고 세밀하게 관찰하는 게 어찌 보면 작사가의 가장 중요한 업무 중 하나라고도 말할 수 있다. 앞서 언급한 바 있지만, 작사가는 실제로 컴퓨터 모니터나 노트북 앞에 앉아 가사를 쓰는 시간보다 관찰하고 궁리하고 끼적이는 데 훨씬 많은 시간을 할애해야 한다. 그런 작사가의 시간이 하나하나 모여 가사가 된다고도 할 수 있을 만큼 작사가에게 일상의 관찰은 중요하고, 또 중요하다.

일상 속에서 우리가 보고 듣고 읽고 경험하는 것은 모두 가사의 좋은 소재가 된다. 단어와 문장, 장면과 풍경, 이야기와 소리, 사진과 영상, 그림과 음악 모두 그렇다. 그렇다면 우리의 시간 속에 존재하는 수없이 많은 자질구레한 소재를 우리는 어떻게 채집하고, 저축하며, 보관해야 할까?

긴말할 것도 없이 메모다.

적어두자. 각자의 방식대로 각자 편한 저장장치를 골라 적어두자. 수첩도 좋고, 노트도 좋고, 스마트폰이나 노트북도 좋다. 뭐든 상관없으니 떠오르는 것들과 놓치기 싫은 것들을 그때그때 적어두자.

인간의 기억력이라는 게 생각보다 대단하지 않아서 적어두지 않으면 채 몇 시간도 지나지 않아 새하얗게 잊어버리는 경우가 대부분이다. 게다가 다들 아는 것처럼 아이디어라고 적어둔다고 해서 그게 다 가사가 될 리도 없다. 그래도 100개를 적어두면 그중 적어도 몇 개는 가사가 돼주니 그 부지런함이 말짱 헛일은 아니다.

나는 작업할 때 주로 스마트폰 메모 앱을 많이 사용하는 편이다. 가끔은 컴퓨터는 사용하지 않고 스마트폰만으로 가사 전체를 완성할 때도 있다.(물론 다시 노트북에 옮기고 종이로 출력해서 전체를 보는 작업을 꼭 하긴 하지만)

단어나 문장만 적어놓아도 좋고 그 아이디어가 확장되는 과정 등을 간단하게 메모해둔다면 더할 나위 없이 좋겠다. 그렇게 평소에 수집해둔 단어나 문장들은 언제가 당신이 무언가 써야 하는 순간에 반짝이는 해결책이 돼줄 것이다.

딕펑스의 안녕 여자 친구는 겨울에 발매된 곡이었다. 여자 친구란 단어가 주는 느낌(지금은 '여자친구'라는 걸 그룹이 있지만 그때는 아직 데뷔 전이었다)이 왠지 좋아서 언젠가 노래 제목으로 꼭 써야지 하고 스마트폰 메모 앱에 적어두었던 단어였다. 때마침 이 단어가 가사를 쓸 때 생각이 나서 이 곡의 제목과 배합해봤다. 슬프고 서정적인 느낌의 피아노 발라드곡이었는데 앞에 '안녕'을 붙이니 어쩐지 예쁘고 슬픈 뉘앙스의 문장이 만들어졌다.

'안녕 여자 친구'

보통 연애를 시작하거나 여자 친구가 생기면 남자들 대부분은 누군가에게 그녀를 처음 소개할 때 "내 여자 친구야" "제 여자 친구예요"라고 이야기하곤 한다. 사랑하는 사람의 이름이 어느 순간 '여자 친구'라는 단어로 대체되는 것이다.

"내 여자 친구가 여행 가지 말래."

"내 여자 친구가 그 영화 보고 싶대."

남자들이라면 이런 이야기들을 연애하는 친구나 선후배에게 아마 자주 들었을 것이다. 한 번은 유독 여자 친구라는 단어를 자주 쓰던 친한 후배 입에서 어느 날부턴가 여자 친구라는 단어가 전혀 나오지 않는 일이 있었다. 어쩐지 이상해서 슬쩍 물어봤더니 여지없이 헤어진 상태였다. 그때 '여자 친구라는 단어는 헤어지고 나면 전혀 쓸 수 없는 꽤 슬픈 단어구나'라고 생각하며 적어두었던 아이디어였다.

그 무렵 지인들과 술 한잔하러 연남동에 자주 가곤 했다. 구체적인 지명이 기억의 장소로 등장하는 게 좋겠다는 생각이 들어서 '연남동 골목'으로 적어서 가사의 소재로 사용했다. 겨울 분위기를 내기 위해 코트도 사용했는데 '카멜색 코트'(실제로 검색을 통해 그해와 다음 해의 유행 컬러를 찾고, 색감을 고려해서 고른 색이다)라는 구체적인 색감을 넣었다.

가사 쓰기는 감성적인 글쓰기임이 틀림없지만 감성적 글쓰기의 소재가 되는 아이디어들은 관찰과 부지런함의 산물이라고 생각한다. 내가 직접 한 경험과 일상의 관찰, 거기에 자료 조사나 인터넷 검색까지도 가사 쓰기의 중요한 일부라는 생각을 늘 가지고 있길 바란다.

안녕 여자 친구

작곡 심현보, 딕펑스
작사 심현보
노래 딕펑스

인사할 데가 참 많기도 하다
그냥 잘 지내라면 될 줄 알았는데
어두워진 집 앞 계단에 앉아
별의별 것과 다 안녕을 말한다

코끝으론 차가운 바람이 스쳐 가고
까만 밤하늘엔 왠지 낯설기만 한 달 하나
그냥 너만 없는데 세상 참 다르다

지난겨울 니가 골라준 포근한 카멜색 코트도
내게 안기던 그 작은 어깨도
가볍게 취한 어느 밤 밤새 둘이서 거닐던
연남동 골목도 이제는 모두 다 안녕
안녕 여자 친구

웃을 때면 작아져 버려 사라지던 너의 두 눈도
나를 부르던 익숙한 목소리도
유난히 춥던 어느 날 입김을 불며 마시던
따뜻한 라떼도 이제는 모두 다 안녕

안녕 나의 세계 안녕 나의 우주

별이 바람에 스치듯 안녕 여자 친구
별이 바람에 스치듯 안녕 여자 친구

가사를 쓰다가 아이디어 단계부터 막혀서 탈출구가 없거나 너무 막막할 때 내가 찾는 곳이 한군데 있는데, 바로 대형 서점이다. 대형 서점만으로도 좋고, 쇼핑몰의 형태로 멀티플렉스 극장과 대형 서점이 함께 있는 곳이라면 더 좋다. 온종일 대형 서점과 쇼핑몰을 오가며 활자와 사람들과 영화와 음악 속에서 놀다 보면, 어느 순간 좋은 아이디어들이 포착되거나 생기는 일이 많았다.(물론 그 어떤 노력을 해도 아무것도 떠오르지 않을 때도 많지만 말이다)

노래 가사는 결국 일상 속에 존재한다. 일상이 곧 가사고, 가사가 곧 일상이다. 일상과 단절된 막연한 이야기를 클라이언트가 좋아할 리도 없고 하물며 듣는 이들이 좋아할 리도 없다.

사람들이 각자의 일상 속에서 끊임없이 경험하는 평범한 이야기를 특별하고 세밀한 관찰과 소재로 끌어낼 때 대중은 그 가사에 동화되고, 좋아하며, 찾아 듣게 되는 것이다.

그러니 주위를 둘러보자. 그리고 가만히 들여다보자. 각자의 하루를. 각자의 동네를. 각자의 사람들과 각자의 이야기를. 그 안에 우리가 쓰고 싶고 듣고 싶은 가사가 전부 녹아 있을 테니 말이다.

'그 가사의 작업노트'를 말하다

아직 시디^{CD}나 테이프^{Tape}로 음악을 듣던 학창시절, 좋아하는 뮤지션의 새 앨범을 손에 넣는 일은 형언할 수 없이 두근거리고 설레는 일이었다. 덜컹거리는 버스나 지하철을 타고 집까지 돌아와 조심스레 포장을 뜯고 처음으로 앨범의 북클릿^{Booklet}을 꺼내 읽어보는 순간은 정말이지 짜릿하고 행복했다.

김현철과 윤상, 이소라와 낯선사람들, 어떤날과 들국화, 봄여름가을겨울과 빛과 소금, 신승훈과 이승환, 넥스트$^{N.E.X.T}$와 공일오비^{015B}, 푸른하늘과 장필순, 동물원과 더 클래식$^{The Classic}$. 이루 헤아릴 수 없이 많은 뮤지션의 반짝이는 앨범들. 나는 늘 그 한 곡 한 곡의 제목을 유심히 들여다보며 상관관계를 추리하곤 했다. '아마도 이 뮤지션은 요즘 이런 것들에 관심이 있나 보구나'라고, 작곡가과 작사가를 확인하고 연주자들의 면면을 보며 아티스트의 음악적 바탕과 분위기를 짐작하기도 했다.

마음에 드는 곡은 몇 번이고 반복해서 듣고 또 들으며 악기 하나 호흡 하나도 놓치지 않으려 애썼던 기억도 있다. 그중에서도 한 곡 한 곡의 가사들을 조용히 읽어보는 순간은 나에게 어떤 시나 소설을 읽을 때보다 근사했다. 그렇게 가사들을 읽고 듣고 따라 써보는 동안 어쩌면 나는 조금씩 음악 근처의 어딘가로 가까워지고 있었는지도 모르겠다. 그것은 조용하지만 분명한 이동이었다.

요즘에도 나는 가사를 쓸 때마다 완성된 가사를 종이로 출력하고 그 안에 내가 하고픈 이야기가 잘 담겨졌는지 다시 한번 꼼꼼히 읽어보는 버릇이 있다. 종이로 출력해서 보는 과정이 다소 낡은 일 같지만 나에겐 중요하고 소중한 과정이다. 오래전 누군가의 노랫말을 두근거리며 읽었던 마음으로, 여전히 부족하지만 누군가에게는 소중히 읽히기를 바라는 마음으로, 그렇게 마지막으로 한번 더 읽어보고 나서야 클라이언트에게 최종 가사를 보내곤 한다.

한 편의 가사에는 쓴 사람의 소소한 일상과 요즘의 관심사, 삶과 사랑에 대한 생각, 개인적인 시간의 조각들이 담겨 있는 법이다. 다음에 이어지는 '그 가사의 작업노트'는 각각의 가사에 포함된 나의 일상적인 느낌이나 감상 등의 메모와 함께한다. 대단한 무언가는 아니지만 각각의 노래에 대한 개인적인 애정 같은 것이기도 하다.

일상을 들여다보고 관찰하는 시간이 모티브가 되고, 무언가 늘 끼적이고 쓰는 습관은 글이 된다. 거기에 세상 모든 음악에 대한 소소한 애정과 좋아하는 아티스트에 관한 관심과 상상까지 더해지면 그게 가사가 된다고 나는 믿는다.

최고의 아티스트들과 함께했던 그간의 작업이 나는 여전히 참 고맙다. 그리고 앞으로 하게 될 작업에 가슴 뛰고 설렌다.

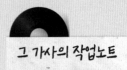

그 가사의 작업노트

시간이 흐른 뒤

마지못해 살아가겠지 너 없이도
매일 아침 이렇게 일어나
조금씩 더 무뎌져 버린 기억 속에서
애써 너의 얼굴을 꺼내어보겠지

시간이란 누구에게나 느린 아픔을 주는지
하루 속에도 늘 니 생각뿐인 난
눈물마저도 말라가는데

As Time Goes by 난 그게 두려운걸
니 안에서 나의 모든 게 없던 일이 될까 봐
눈 감으면 늘 선명하던 니가
어느 순간 사라질까 봐 정말 겁이 나는걸

이별이란 서로에게서 지워지는 거라지만
많은 사람 속에도 늘 니 걱정뿐인 난
시간마저도 붙잡고 싶은데

As Time Goes by 난 그게 두려운걸

니 안에서 나의 모든 게 없던 일이 될까 봐

눈 감으면 늘 선명하던 니가

어느 순간 사라지게 될까 봐

내가 없는 세상이 너는 괜찮은 건지

너에게 잊을 만한 추억일 뿐인지

참으려 애를 써도 늘 보고픈 나는

니가 아니면 안 될 것 같은데

You are the one

As Time Goes by 난 여기 있어줄게

셀 수 없는 밤이 지나도 사랑했던 그대로

혹시라도 너 돌아오게 되면

단 한 번에 나를 찾을 수 있게

As Time Goes by

memo

시간이 흐른 뒤를 예측할 수 있다면 사람은 행복에 가까워질까요, 아니면 반대일까요.

가까운 미래의 나를 눈앞에 있는 것처럼 볼 수 있다면.

글쎄요, 어려운 이야기네요.

가사를 쓰다 보면 모티브가 되는 단어나 문장이 떠오를 때도 있고, 전체의 분위기가 사진처럼 펼쳐질 때도 있어요. 이 곡은 두 가지가 동시에 일어난 곡입니다. 곡을 쓴 작곡가 박근태와 교보타워 사거리 부근의 맥줏집에서 생맥주를 마시며 이야기를 나누다가 문장이 떠올랐죠.

'As time goes by'

'시간이 흐른 뒤'

얼른 종이에 끼적여두었다가 집에 돌아가 바로 완성했던 가사입니다. 너를 잃은 지금의 나보다 너 없이도 살아갈, 너를 잊은 채로 익숙해져 갈 미래의 내가 더 아프고 두려운 감정을 가사로 그려내고 싶었습니다.

'마지못해 살아가겠지 너 없이도'

벌스의 첫 줄을 써 놓고는 제법 마음에 들어 했죠. 두 번째 벌스 파트의 '시간이란 누구에게나 느린 아픔을 주는지'는 비단 이별뿐만 아니라 시간의 경과가 주는 멀어짐에 대한 표현이었습니다.

2001년의 기억들. 허름한 맥줏집과 낡은 스피커로 흐르던 음악, 그리고 청춘의 한가운데.

여전히 참 좋네요. 윤미래의 목소리는.

끝인가 봐 이제 끝난 일인가 봐
날카로운 입맞춤의 기억도
이별을 되돌릴 순 없나 봐

마지못해 함께 있는 동안에도
자꾸 시계만 들여다보는 너
이별은 늘 이런 식인가 봐
참 많이 울었어 남자답지 못하게
이별이란 늘 이렇게 갑자기 오나 봐

아냐 이건 너마저 이럴 순 없어
그토록 간절했는데
이별이란 말로 그 모든 게 없었던 일이라니
살아볼게 다시 돌릴 수 없다면
하지만 이건 기억해줘
언젠가는 너도 누군가의 과거일 수 있다는 걸

참 많이 울었어 남자답지 못하게

이별이란 늘 이렇게 갑자기 오나 봐

아냐 이건 너마저 이럴 순 없어

그토록 간절했는데

이별이란 말로 그 모든 게 없었던 일이라니

살아볼게 다시 돌릴 수 없다면

하지만 이건 기억해줘

언젠가는 너도 누군가의 과거일 수 있다는 걸

너에게는 잊을 만한
작은 아픔이었겠지만
다시 한번 버려지면
내게 다음은 없어

많은 엇갈림들 땅속 같은 이별
그 모두를 딛고 널 사랑했어

부탁이야 이러지 마
나 사랑의 그 영원함을 믿을 수 있게
상처받지 않기 위해
나 가시 돋친 맘으로 이 세상을 살고 싶진 않아

너에게는 스쳐 가는
짧은 기억이겠지만
다시 한번 남겨지면
내게 사랑은 없어
많은 엇갈림들 긴 밤 같던 이별

그걸 잊게 해준 네게 나를 걸었어

부탁이야 이러지 마

나 사랑의 그 영원함을 믿을 수 있게

상처받지 않기 위해

나 가시 돋친 맘으로 이 세상을 살고 싶진 않아

우린 제법 잘 어울려요

저기 그대가 보이네요
오늘도 같은 시간이죠
언제나 조금 젖은 머리로 날 스쳐 가죠

살짝 미소 지은 건가요
혹시 날 알아챈 건가요
아침을 닮은 그대 향기가 날 사로잡죠

난 궁금한 게 많죠
그대 이름 그대의 목소리 온종일 상상해요
그대 곁에 날

정말 서두르진 않을 거예요
한 걸음 한 걸음씩 그대가 나를 느끼게
사랑을 시작할까요 내일 아침 어쩌면
말할지도 모르죠 우리 한번 만나볼래요

물기 어린 나무 사이로 햇살이 부서지는 거리
투명한 그대 얼굴이 왠지 좋아 보여요

기분 좋은 일이 있나요
가벼워 보이는 발걸음
살며시 부는 바람을 타고 난 다가가죠

참 망설였었지만 오늘은 꼭 이야기할래요
눈이 참 예쁘다고 좋아한다고

조금 서투르고 어색하지만
천천히 알아가요 그렇게 시작해봐요
거봐요 웃을 거면서 내 마음을 알면서
잘 해낼 수 있겠죠 우린 제법 잘 어울려요

정말 서두르진 않을 거예요
한 걸음 한 걸음씩 그대가 나를 느끼게
사랑을 시작할까요
그대 곁엔 언제나 내가 있어줄게요
변치 않을 거예요 우린 제법 잘 어울려요

작곡 박근태 / 작사 심현보 / 노래 성시경

꽤 오랜 시간 가사를 쓰다 보니 고마운 곡이 많은데 이 곡도 참 고마운 곡 중 하나예요. 이 곡은 가이드데모곡을 받고 가사의 방향을 상의할 때, 작곡가가 화장품 광고에 삽입될 곡이라는 정보를 줬어요. 그래서 뭔가 촉촉하고 싱그러운 이미지로 가사로 풀어내야 했죠. 그런 콘셉트의 광고였거든요.

많은 고민을 한 끝에 시작하는 사랑의 설렘을 풋풋하게 써보기로 했습니다. 그러자 신기하게도 버스 정류장이 떠올랐어요.

아침. 그리고 버스정류장. 매일 비슷한 시간에 같은 버스 정류장에서 우연히 만나게 되는 두 남녀.

전체의 스토리 라인이 정해지고 나니 가사는 생각보다 수월하게 풀렸어요. 마지막까지 어려웠던 부분이 후렴의 엔딩 멜로디였는데, '우린 ○○ 잘 어울려요' 중 ○○에 해당하는 부분에, 우리가 어떻게 잘 어울리는지에 대한 부사를 정하는 게 끝까지 고민이었어요. '제법'이라는 부사는 그저 누군가를 조금 얕잡아봤다가 의외로 뭔가를 잘 해낼 때 "제법인데?" "제법 잘하는데?" 정도로 쓰는 말이었죠.

'우린 제법 잘 어울려요'라는 문장은 고백하는 남자가 스스로는 조금 낮추고 나에게 과분한 상대라는 느낌으로 상대 여성을 높이는 마음을 드러내는 표현이었어요. 어울리지 않을 것 같은 우리가 생각보다는 의외로 잘 어울린다고 말하는 귀여운 고백이었죠. 이후에 많은 곳에서, 많은 상황에서 잘 어울린다는 문장 앞엔 '제법'을 쓰더군요. 재미있고 신나는 경험이었습니다.

이 곡은 당시 가요 순위 프로그램에서 오랜 기간 1위를 차지했고, 요즘도 가끔 성시경의 공연장에서 즐겁게 듣곤 합니다. 최근에 데이브레이크*Day break*가 리메이크까지 했으니 시간 참 빠르네요.

사랑해도 될까요

문이 열리네요 그대가 들어오죠
첫눈에 난 내 사람인 걸 알았죠
내 앞에 다가와 고갤 숙이며 비친 얼굴
정말 눈이 부시게 아름답죠

웬일인지 낯설지가 않아요
설레고 있죠 내 맘을 모두 가져간 그대

조심스럽게 이야기할래요 용기 내볼래요
나 오늘부터 그대를 사랑해도 될까요

처음인걸요 분명한 느낌 놓치고 싶지 않죠
사랑이 오려나 봐요 그대에겐 늘 좋은 것만 줄게요

웬일인지 낯설지가 않아요
설레고 있죠 내 맘을 모두 가져간 그대

참 많은 이별 참 많은 눈물 잘 견뎌냈기에
좀 늦었지만 그대를 만나게 됐나 봐요

지금 내 앞에 앉은 사람을 사랑해도 될까요
두근거리는 맘으로 그대에게 고백할게요

조심스럽게 이야기할래요 용기 내볼래요
나 오늘부터 그대를 사랑해도 될까요

처음인걸요 이 느낌 놓치고 싶지 않죠
사랑이 오려나 봐요 그대에겐 늘 좋은 것만 줄게요

내가 그대를 사랑해도 될까요

작곡 심현보 / 작사 심현보 / 노래 유리상자

가장 솔직하고 군더더기 없는 순수한 고백을 곡과 가사로 써보고 싶다는 생각에서 출발한 곡이 사랑해도 될까요입니다.

곡을 써놓고 이 곡의 가사를 의논하던 중, 미사여구가 많은 가사보다는 솔직하고 담담한 고백의 글이 나왔으면 좋겠다는 방향으로 의견이 모아졌습니다. 가사는 말 그대로 누군가를 만나고 마음을 고백하는 과정을 그대로 담았는데, 그래서 그런지 가사를 쓰고 나서 다소 밋밋한 게 아닌가 걱정도 했습니다. 하지만 이 솔직하고 뭔가 밋밋한 듯한 글과 멜로디가 많은 사랑을 받았고, 꽤 오랫동안 축가로서, 고백을 대표하는 노래로서 자리 잡았습니다.

유리상자의 부드러운 목소리로 녹음된 곡은 물론이고, 드라마 「파리의 연인」에서 주인공 박신양이 솔직하게 부른 피아노 버전도 엄청난 사랑을 받았죠.

저에게는 좋은 가사란 무엇인지 다시 생각하게 해준 곡이었어요. '멋진 표현과 문장보다 때로는 진심과 솔직함이 더 힘을 가지는구나'라고 생각했죠.

'사랑해도 될까요'라는 부드럽고 조심스러운 고백의 문장이 많은 사람의 사랑 고백과 함께했다고 생각하면 지금도 뿌듯해지는 고마운 곡이에요.

더 사랑할게

내가 먼저 떠날게 내가 먼저 잊을게
힘들고 아픈 일들 모두 다 내가 먼저 할게
고마워 건강히 지내
슬픈 말도 모두 다 내가 먼저 할게

니 눈빛이 좋아서 니 말투가 좋아서
차마 하기 싫지만 그래도 내가 먼저 갈게
너 없는 내 모습 너무 잘 알아 바보처럼
서러운 눈물이 먼저 흘러도

니가 내 전부잖아 너도 알잖아
내 곁에서 니가 힘들면 안 되는 거잖아
늘 부족해서 사랑이 모자라서
더 이상 널 웃게 할 수 없다면 내가 먼저 떠날게

니 얼굴이 밟혀서 니 웃음이 걸려서
내내 아프겠지만 그래도 내가 먼저 갈게
나 없이 갑자기 혼자가 되면 힘들 테니

사랑하는 맘은 두고 떠날게

니가 내 전부잖아 너도 알잖아
내 곁에서 니가 힘들면 안 되는 거잖아
늘 부족해서 사랑이 모자라서
더 이상 널 웃게 할 수 없다면

더 사랑할게 이렇게 멀어져도
니 곁에서 늘 행복했던 날 기억할게
참 아프지만 그래서 두렵지만
더 이상 널 웃게 할 수 없다면
내가 먼저 떠날게

여전히 입술을 깨물죠

가지려고 가지려고 가져보려고

무던히 원하고 바랬죠

잠시라도 그대 곁에 있는 동안엔

모른 척 내 것이라 믿었죠

웃는 그대 얼굴을 한참 못 본 후에야

알았죠 더는 어려운 일인걸

갖지 못한 그대 마음이

못내 서러웠지만 보내야 했죠

사랑이란 못된 이유로

그대 맘을 잡기엔 너무 늦어버린 걸 알죠

잊으려고 잊으려고 잊어보려고

여전히 입술을 깨물죠

하루라도 그대 없이 살아보려고

아닌 척 웃어보기도 하죠

어떡하죠 내 맘이 내 맘 같지 않아서

눈이 시리도록 보고 싶은데

바보 같은 나는 이래요
사랑했던 순간만 기억해내고
내 마음도 그대 마음도
모두 잃어버린 채 아파하네요

눈물도 기다려보겠단 말도
보일 수 없던 나를 모르죠
변해버린 건 그댄데 왜 내가 미안할까요

갖지 못한 그대 마음이
못내 서러웠지만 보내야죠
사랑이란 못된 이유로
그대 맘을 잡기엔 너무 늦어버린 걸 알죠

결국 갖지 못하는 것들, 여전히 잊지 못하는 무언가와 마주할 때 사람들은 아파하죠. 여전히 입술을 깨물죠는 그런 아픔에 관한 이야기였어요. 아픔의 정서를 대변하는 특정한 행위로 '입술을 깨물죠'라는 표현을 사용했죠. 어쩌면 누군가의 버릇일 수도 있고 그저 안타까운 심정에서 나오는 무의식적인 행위일 수도 있지만 '여전히 입술을 깨물죠'라는 문장을 이루면서 문장 자체가 이별의 정서를 잘 전달해준다고 생각했어요.

녹음 과정에서 이수영의 목소리가 곡에 입혀지는 순간, 곡과 가사가 선명해지는 느낌이었습니다. 목소리의 힘이라는 게 이런 거구나 했죠. 또 비장하지만 여리고 애틋한 감정을 이수영만큼 잘 살리는 가수도 없다고 생각했습니다.

이 곡은 타이틀곡이 아닌 후속곡이었음에도 많은 분이 좋아해 주셨던 곡이었어요.

친구

괜스레 힘든 날 턱없이 전화해
말없이 울어도 오래 들어주던 너
늘 곁에 있으니 모르고 지냈어
고맙고 미안한 마음들

사랑이 날 떠날 땐 내 어깰 두드리며
보낼 줄 알아야 시작도 안다고
얘기하지 않아도 가끔 서운케 해도
못 믿을 이 세상 너와 난 믿잖니

겁 없이 달리고 철없이 좋았던
그 시절 그래도 함께여서 좋았어
시간은 흐르고 모든 게 변해도
그대로 있어준 친구여

세상에 꺾일 때면 술 한잔 기울이며
이제 곧 우리의 날들이 온다고
너와 마주 앉아서 두 손을 맞잡으면

두려운 세상도 내 발아래 있잖니

세상에 꺾일 때면 술 한잔 기울이며
이제 곧 우리의 날들이 온다고
너와 마주 앉아서 두 손을 맞잡으면
두려운 세상도 내 발아래 있잖니

눈빛만 보아도 널 알아

어느 곳에 있어도 다른 삶을 살아도

언제나 나에게 위로가 돼준 너
늘 푸른 나무처럼 항상 변하지 않을
널 얻은 이 세상 그걸로 충분해
내 삶이 하나듯 친구도 하나야

작곡 유지굉(중국곡) / 작사 심현보 / 노래 안재욱

사랑해도 헤어질 수 있다면

참 많이 겪어봤는데 이젠 알 것도 같은데
늘 조금 이른 이별은 한 번도 어김이 없어

날 바라보던 그 눈이 사랑을 말한 입술이
헤어짐을 얘기하는 게 믿어지지가 않아

난 한동안 기억 속에 널 지울 순 없겠지
잘해준 기억보다 미안한 마음이 남아

누구라도 사랑할 순 있지만 그 사랑이 니가 될 순 없잖아
눈물로 남은 날을 다 써도 널 지우기엔 모자란데
사랑해도 헤어질 수 있다면 헤어져도 사랑할 수 있잖아
니 곁에 내가 없는 오늘도 너는 내 안에 남아
가끔 눈물이 흘러

넌 언젠가 내 이름조차 낯설어지겠지
지나간 사랑이라 웃으며 말을 하겠지

누구라도 사랑할 순 있지만 그 사랑이 니가 될 순 없잖아

눈물로 남은 날을 다 써도 널 지우기엔 모자란데

사랑해도 헤어질 수 있다면 헤어져도 사랑할 수 있잖아

니 곁에 내가 없는 오늘도 너는 내 안에 남아

가끔 눈물이 흘러

작곡 신승훈 / 작사 심현보·신승훈 / 노래 신승훈

기억을 흘리다

넌 눈물로 알고 있지
지금 내가 흘리는 건 기억이야
니 앞에서 이렇게 모두 비우고
잔잔한 맘으로 보내주려고

처음 니 손을 잡던 기억
용감하게 사랑을 말하던 기억
이렇게 다 흘려서 하나도 없어야
그래도 살아갈 것 같아서

참 많이 좋아했나 봐 창피한 줄도 모르고
두 눈이 다 붓도록 이러고 있네

너보다 먼저 일어서야 하는데
그래야 니 맘이 조금이라도 더 편해질 텐데
마지막을 알고 있는 내 발은 그렇게 하기 싫대
잠시라도 잠시라도 곁에 있으래

알아 보기 싫을 거란 거
웃으면서 보내줘야 한다는 거
그렇지만 그렇게 강하지 못한 난
너 없는 날들이 겁부터 나

참 많이 좋아했나 봐 그렇게 많이 울고도
아직도 버릴 게 더 남은 걸 보면

잘 지내라고 말해줘야 하는데
사랑하는 너라도 행복해져야 하는 걸 텐데
마지막을 알고 있는 내 입은 그렇게 하기 싫대
안 된다고 못 한다고 붙잡아보래

혼자 갖고 있기엔 무거운 너의 기억
언젠가 다 버리더라도 이해해
마지막인 걸 다 아는 내 눈은 하기 싫대
잠시라도 잠시라도 더 보고 가래
잠시라도 곁에 있으래

🎞️ 사랑인걸

하루가 가는 소릴 들어 너 없는 세상 속에
달이 저물고 해가 뜨는 서러움
한 날도 한시도 못 살 것 같더니
그저 이렇게 그리워하며 살아

어디서부터 잊어갈까 오늘도 기억 속에
니가 찾아와 하루 종일 떠들어
니 말투 니 표정 너무 분명해서
마치 지금도 내 곁에 니가 사는 것만 같아

사랑인걸 사랑인걸 지워봐도 사랑인걸
아무리 비워내도 내 안에는 너만 살아
너 하나만 너 하나만 기억하고 원하는걸
보고픈 너의 사진을 꺼내어 보다 잠들어

어디서부터 잊어갈까 오늘도 기억 속에
니가 찾아와 하루 종일 떠들어
니 말투 니 표정 너무 분명해서

마치 지금도 내 곁에 니가 사는 것만 같아

사랑인걸 사랑인걸 지워봐도 사랑인걸
아무리 비워내도 내 안에는 너만 살아
너 하나만 너 하나만 기억하고 원하는걸
보고픈 너의 사진을 꺼내어 보다 잠들어

잠결에 흐르던 눈물이 곧 말라가듯
조금씩 흐려지겠지
손 내밀면 닿을 듯 아직은 눈에 선한 니 얼굴
사랑해 사랑해 잊으면 안 돼

너만 보고 너만 알고 너만 위해 살았던 난
마음 둘 곳을 몰라 하루가 일 년 같아
아무것도 아무 일도 아무 말도 못 하는 난
그래도 사랑을 믿어 그래도 사랑을 믿어
오늘도 사랑을 믿어

작곡 심현보 / 작사 심현보 / 노래 모세

신인 가수와의 작업은 신인 가수라는 이유로 어렵습니다. 아직 아무
런 색깔이 없는 상태라 다양한 시도를 해볼 수 있지만, 기준이 될 만
한 곡이나 가사가 없으니 결정이 어렵죠.

기성 가수도 기성 가수대로 어렵긴 마찬가지입니다. 그 가수의 만
들어져 있는 스타일을 유지하느냐 아니면 변화하느냐의 결정 역시
똑같이 어려우니까요.

이 곡이 녹음되기 전에 모세라는 가수는 아직 데뷔 전이었습니다.
이 앨범으로 가수가 된 거죠. 이 곡을 준비하면서 대중적이고 친밀도
가 높은 곡과 가사를 만들고 싶다고 생각하며 작업했습니다. 아직 신
인 가수라 분명한 색깔보다는 친근함이 중요하다고 판단했거든요.

곡을 완성하고 가사를 쓰는 단계에서 후렴구의 멜로디 패턴 반복
부분에 많은 신경을 썼습니다. '사랑인걸 사랑인걸 지워봐도 사랑인
걸'처럼 이별 노래지만 멜로디가 쉽고 편안해서 누구나 따라 부르기
쉬운 가사를 후렴구에 배치하는 데 주력했죠.

벌스 첫 파트의 '하루가 가는 소릴 들어'는 하루라는 시간의 경과를 듣는 소리에 비유했습니다. 청각이라는 감각에 집중한 표현이었죠. 두 번째 벌스에 나오는 '니가 찾아와 하루 종일 떠들어' 역시 청각에 몰입한 표현입니다. 기억 속의 누군가를 불러내는 대상으로 소리를 사용한 거죠. 당시 모세는 신인 가수이면서 오디오적인 몰입감이 중요한 가수였습니다. 대단한 건 아니지만 가사 여기저기에 청각이나 소리에 해당하는 이미지나 표현을 많이 쓴 건 의도적인 장치였습니다.

원래 제목은 '오늘도 사랑을 믿어'라고 정했는데, 제작사와의 협의 과정 중에 사랑인걸로 수정했습니다. 지나고 나서 보니 잘한 결정이었죠.

이 곡은 그해의 히트한 곡 중 하나가 됐습니다. 저에게도 모세에게도 고맙고 의미 있는 작업이었습니다.

모르지(내 맘을 알 리가 없지)

얼마나 멀어진 걸까

긴 한숨을 쉬면 하루가 저물고

손끝이 저려 올 만큼

니 이름을 쓰고 다시 지워내고

모르지 모르지 왜 내가 싫어진 건지

사랑은 이르게 오고 더디 사라지고

난 잠을 청해

이대로 손톱만큼씩 너를 잘라내면

편안해질까 그럴까

얼마나 와버린 걸까

돌아가지 못할 기억의 길 위를

맘 끝이 아려 올 만큼

널 꺼내어 보고 다시 담아두고

모르지 모르지 내 맘을 알 리가 없지

시간은 너를 빼앗고 나를 남겨두고
난 눈물이 나
내 안엔 니가 저물고 다시 떠오르고
언제쯤이면 웃을까

너의 그늘에서 참 오래 쉬었는데

시간은 너를 빼앗고 나를 남겨두고
난 눈물이 나
내 안엔 니가 저물고 다시 떠오르고
언제쯤이면 웃을까

사랑은 이르게 오고 더디 사라지고
난 잠을 청해
이대로 손톱만큼씩 너를 잘라내면
편안해질까 그럴까

작곡 심현보 / 작사 심현보 / 노래 이수영

혼자서도 잘 놀죠

보고 싶다고 울거나 하진 않죠

늘 함께 있던 그때도

항상 나 혼자 재잘거렸죠

그대 곁이 좋아서

내가 다가가 그대 어깰 빌렸죠

늘 말이 없던 그대는

가끔 웃었죠

다른 곳을 보는 그대 눈빛에

불안했지만 믿었죠

고마워요 사랑한다고 말할 수 있게 해준 거

이대로 다시 볼 수 없어도 하나도 잊지 않을게요

혼자서도

처음부터 그랬죠

그대 맘속에 누군가가 있었죠

알면서도 좋은 난 가끔 울었죠

미안해요 아주 잠깐이지만

그댈 가지려 했던 것

달라진 건 하나도 없죠 나 사랑할 뿐인걸요

보세요 혼자서도 잘하죠 기다리며 살아가는 거

괜찮아요

결국, 사랑

아무것도 믿지 않아야 아무것도 잃지 않겠지

돌아서는 너를 보면서 그걸 배워

싸늘해진 바람 속에서 한참 동안을 울고 나서야

난 또 마음의 창문을 닫아

but I know love is feel

내게도 언젠가 또 다른 사랑은 올 테고

and I know love is real

바보 같은 나는 속는 셈 또 한 번 믿겠지

결국 사랑뿐

어느 아침 나의 마음을 장난치듯 가득 채우고

어느 아침 거짓말처럼 사라져가

내가 웃는 이유가 되고 또 내가 우는 이유가 되지

내게 사랑은 쓰디쓴 달콤함

but I know love is dream

누구나 그토록 바라고 늘 소망하는 것

and I know love is free

지나간 상처도 또 다른 사랑에 낫겠지

잊으면 잊을수록 분명해지는 기억의 숲속에서

아픈 것조차 모르고 난 또 너를 찾나 봐

but I know love is dream

누구나 그토록 바라고 늘 소망하는 것

and I know love is free

지나간 상처도 또 다른 사랑에 낫겠지

결국 사랑뿐

결국엔 사랑뿐 나를 살게 하는 건

날카롭지만 빛나는 황홀함

크리스마스 미라클

거리엔 불빛들이 하나둘씩 꺼지고
온 세상에 흰 눈이 소리 없이 앉으면
예쁜 선물을 그리다 잠든 아이들처럼
가만히 두 눈을 감아요

아주 작은 기적을 오늘 밤 기도해요
내 맘속에 그대가 들어오던 날처럼
그대 맘속에도 내 사랑이 다가가기를
그럼 이 겨울도 행복하겠죠

아나요 그댈 보는 건 맘이 따뜻해지는
작은 촛불 하나를 가진 것과 같은걸
세상에 그대가 있어 내겐 하루하루가
아주 멋진 선물 상자들을 여는 일인걸

When the world is Covered white on Christmas
and the lights a bright on Christmas
하얀 눈과 함께 나의 꿈도 이뤄지기를

When the world is Covered white on Christmas

그대에게 제일 좋은 사람이 나인 걸

그대도 조금씩 알게 되겠죠

아나요 그댈 보는 건 맘이 따뜻해지는

작은 촛불 하나를 가진 것과 같은걸

세상에 그대가 있어 내겐 하루하루가

아주 멋진 선물 상자들을 여는 일인걸

When the world is Covered white on Christmas

and the lights a bright on Christmas

하얀 눈과 함께 나의 꿈도 이뤄지기를

When the world is Covered white on Christmas

그대에게 제일 좋은 사람이 나인 걸

세상 가장 큰 행복은 함께하는 마음속에 있단 걸 믿어요

When the world is Covered white on Christmas

and the lights a bright on Christmas

착한 마음들만 온 세상에 가득하기를

When the world is Covered white on Christmas

그댄 보석처럼 빛나는 사람인걸요

사랑하는 그대 곁에 언제까지라도 영원히

함께할 수 있길 난 바래요

작곡 신승훈 / 작사 심현보 / 노래 신승훈

그때로 돌아가는 게

참 많이 노력해보지만 그게 쉽지 않네요
그댈 만나기 전 나로 되돌아가는 일

해서는 안 되는 일처럼 그때를 떠올려보고
놀라 지워버리는 나를 아나요

이토록 선명한 기억들을 두고 그대를 남기고
나 혼자만 되돌아가야 하는지

그래요 그댄 행복한가요
내가 그댈 만났던 그날의 기쁨처럼
혹시 나처럼 힘이 드나요
나를 만나기 전의 그때로 돌아가는 게

어제와 다른 건 하나도 없는데
모두 그대론데 왜 그대만 달라져야만 하는지

그래요 그댄 행복한가요

내가 그댈 만났던 그날의 기쁨처럼

혹시 나처럼 힘이 드나요

나를 만나기 전의 그때로 돌아가는 게

혹시 나처럼 힘이 드나요

나를 만나기 전의 그때로 돌아가는 게

작곡 김형석 / 작사 심현보 / 노래 김조한

더 아름다워져

지금 이 순간 간절히 내가 바라는 한 가지
여느 때처럼 전화기 너머 니 목소릴 들으며
보고파 이야기하는 일

거짓말처럼 그렇게 돌아가고픈 한순간
조용히 너의 무릎을 베고 바라보던 하늘과
때마침 불어주던 바람

사랑이란 게 어쩌면 둘이란 게 어쩌면
스쳐 가는 짧은 봄날 같아서
잡아보려 할수록 점점 멀어지나 봐
추억이란 자고 나면 하루만큼 더 아름다워져

잊는다는 게 어쩌면 지운다는 게 어쩌면
처음부터 내겐 힘든 일이라 손사래 쳐보지만
시간은 자꾸 날 타일러

사랑이란 게 어쩌면 둘이라는 게 어쩌면

스쳐 가는 짧은 봄날 같아서
잡아보려 할수록 점점 멀어지나 봐
기억은 늘 쓸데없이 분명해져

다시 니 눈을 보면서
사랑해 가볍게 말할 수 있게 된다면

어떤 사람을 만나고 어떤 노래를 듣고
또 가끔은 날 생각하기는 하는지
어느새 또 세상은 너 하나로 물들어
추억이란 자고 나면 하루만큼 더 아름다워져

memo

가사를 쓰다 보면 가끔 곡의 느낌과 가수의 이미지가 한꺼번에 잘 어우러져서 마치 화면처럼 글의 방향이 떠오를 때가 있는데, 바로 이 곡이 그랬습니다. 김현철과 성시경이라는 걸출한 싱어송라이터와의 작업이니 잔뜩 기대하던 작업이었고 결과물 역시 흡족하고 마음에 쏙 들었던 곡이었죠.

가사는 마치 카메라의 앵글처럼 현재와 과거 장소와 시간을 오갑니다. 벌스의 도입부는 현재에서 출발하지만 두 번째 벌스는 과거로 이동하죠.

'지금 이 순간 간절히 내가 바라는 한 가지'는 현재의 내 방이고 '거짓말처럼 그렇게 돌아가고픈 한순간'은 과거의 기억 어느 시점으로의 이동을 암시합니다.

'조용히 너의 무릎을 베고 바라보던 하늘과 때마침 불어주던 바람'은 많이 고민하고 힘주어 쓴 부분인데 '바라보던 하늘' '불어주던' 바람에서 과거의 기억임을 알 수 있죠. 거기에 '불어오던'이 아닌 '불어주던' 바람을 쓴 것은 가사 속 두 주인공을 위해 불어주는 바람, 즉 세계가 그들을 위해 존재함을 드러내는 부분입니다. 사랑에 빠지면 다들 그렇잖아요.

후렴구의 끝에 '추억이란 자고 나면 하루만큼 더 아름다워져'라는 문장까지 공을 많이 들인 가사였습니다.

김현철의 곡과 성시경의 목소리. 저에게는 최고의 작업 중 하나였어요.

Dream of my life

얼마나 써버린 것일까 모자란 지금을 위해서
손 틈새로 스쳐 지나는 바람 같은 시간들
오랜 열병처럼 앓게 하던 사랑과 무릎 휘청이게 하던 세상과
그 안에 춥게 서 있던 나는 어디까지 온 걸까

내가 믿는 것들과 나를 믿어주는 사람들
더 큰 바램 같은 것 없이 함께할 수 있다면
손 내밀면 점점 멀어지는 내일과 늘 조금씩 아쉬웠던 어제와
막연한 오늘의 나는 지금 어디쯤에 있을까 삶이란 바다 위에

저만치 나를 기다리는 무지개와 같은 꿈을 찾아서
난 믿을게 지치지 않고 나갈게 사랑하는 사람들과

무엇 하나 아직은 내 것이라 말할 수 없고
끝을 알 수 없는 시간은 저 먼바다처럼 펼쳐져
어떤 날은 두려울 만큼 잔잔하고 어떤 날은 사납게 출렁이지
삶이란 그런 날들과 온몸으로 부딪치는 것 고단한 이야기
내가 사랑하는 사람들 아무 일 없이 행복하길

눈에 보이지 않는 것에 소중함을 깨닫게 되길

어리석지 않은 두 눈을 갖게 되고 항상 따뜻한 두 손을 가지길

옳음과 그름 앞에서 흔들림 없는 내가 되길 삶이란 바다 위에

어느 날 문득 지도에도 없는

나만의 섬 하나를 찾게 되듯

평생을 나와 함께할 하나뿐인

내 사람을 만나게 될 수 있기를 만나게 되기를

내가 사랑하는 사람들 아무 일 없이 행복하길

눈에 보이지 않는 것에 소중함을 깨닫게 되길

어리석지 않은 두 눈을 갖게 되고 항상 따뜻한 두 손을 가지길

옳음과 그름 앞에서 흔들림 없는 내가 되길

삶이란 바다 위에

작곡 신승훈 / 작사 심현보 / 노래 신승훈

이 곡을 듣고 자신의 길을 묵묵히 잘 걸어온 사십 대 남자의 이야기를 써보기로 했어요. 삶에 대한 관조와 세상에 대한 따뜻한 시선, 그리고 아직 치열한 자신과의 싸움과 도전 같은 걸 가사로 쓰고자 했습니다.

신승훈은 이미 발라드의 장인이었지만 여전히 청년 같은 치열함을 가지고 있어요. 음악에 관한 그의 철학과 도전의 이야기는 늘 진행형이죠. 이 곡은 신승훈 10집의 타이틀곡 중 하나였습니다. 그에게도 저에게도 의미가 큰, 중요한 곡이었죠.

이 곡의 가사는 곡을 함께 들으며 충분히 의논하고 쓰기 시작했습니다. 사랑과 이별을 넘어서는 조금 더 커다란 주제인 '삶'과 '꿈'에 관한 이야기를 해보자는 쪽으로 의견이 모였죠.

원래 제가 쓴 제목은 '삶이란 바다 위에'였으나 녹음이 되고 진행되는 과정에서 신승훈의 의견인 Dream of my life로 바뀌었어요. 가사는 제가 쓰지만 그의 이야기를 쓰고 싶었으니까요.

'얼마나 써 버린 것일까 모자란 지금을 위해서'는 당시 10년쯤 음악을 해온 저에게도 무척이나 감정이입이 되는 가사였기 때문에 한 줄 한 줄 꽤 몰입해서 썼던 기억이 나네요.

한 번쯤 본인의 삶을 돌아볼 수 있다면 자기 자신과 주변의 소중한 사람들, 그리고 세상에 하고 싶은 말은 뭘까. 이런 질문들로 가사를 끌어갔습니다. 늘 사랑과 이별에 관한 가사를 주로 썼는데, 이 가사를 쓰며 다른 주제에 관해서도 넓게 생각해보게 됐죠.

공연장에서 이 곡을 부르는 신승훈을 보며 뭔가 울컥했던 건 그의 이야기이지만 제 이야기이기도 했기 때문이 아닐까 싶어요. 노래 가사라는 게 늘 그렇잖아요. 그의 이야기이기도 하지만, 내 이야기이기도 한 것.

차갑다

바람이 참 차갑다
코트 깃을 여미고 잠깐 두 손을 비빈다
입김이 참 하얗다
까만 밤하늘 위로 후후 한숨을 뱉는다

따뜻했던 모든 게 식어가는 걸 본다
너의 말도 너의 마음도 차갑게 차갑게 얼어간다

너 없는 삼백예순다섯 날 어떻게 지낼까
코트 깃 사이로 스치는 바람이 참 차갑다
내 볼을 만지던 너의 손 내 품에 안기던 너의 온기
그 기억만으로 버텨질까

너 없는 삼백예순다섯 날 다 겨울일 텐데
까만 밤하늘도 오늘은 깨어질 듯 차갑다
주머니에 손을 찌르고 온몸을 움츠려보지만
헤어짐은 늘 못 견디게 그렇게 차갑다
따뜻했던 모든 게 식어가는 걸 본다

너의 말도 너의 마음도 차갑게 차갑게 얼어간다

너 없는 삼백예순다섯 날 어떻게 지낼까
코트 깃 사이로 스치는 바람이 참 차갑다
내 볼을 만지던 너의 손 내 품에 안기던 너의 온기
그 기억만으로 버텨질까

너 없는 삼백예순다섯 날 다 겨울일 텐데
까만 밤하늘도 오늘은 깨어질 듯 차갑다
주머니에 손을 찌르고 온몸을 움츠려보지만
헤어짐은 늘 못 견디게 그렇게 차갑다

아무렇지 않다고 아무 일 아니라고
몇 번을 되뇌어도 차가운 밤

너 없는 삼백예순다섯 날 어떻게 지낼까
손가락 사이로 스치는 밤공기가 차갑다
언제나 따스했던 니 곁 가만히 숨 쉬던 평화로움
그 기억만으로 견뎌질까

너 없는 삼백예순다섯 날 다 겨울일 텐데
내딛는 한 걸음 한 걸음 시리도록 차갑다
휘청이는 맘을 추스려 조용히 눈 감아보지만
헤어짐은 늘 못 견디게 그렇게 차갑다

그렇게 차갑다

작곡 심현보 / 작사 심현보 / 노래 심현보(feat.임슬옹)

memo

발라드가 가지는 감정적 몰입감은 늘 어렵죠. 그 노래를 부르는 사람의 감정과 가사 속 이야기가 곡 전체의 느낌을 움직이니까요.

이 곡은 이별의 정서를 차갑고 싸늘하게 담은 곡을 쓰고 싶다는 생각에서 출발한 곡입니다. 이별의 정서를 담은 곡들은 아무래도 슬픔의 감정이 극대화되기 때문에 늘 조금 격정적이고 무거운 경우가 많다는 생각이 들었거든요. 그래서 차갑고 싸늘한 이별의 감정을 담담하게 담아낼 수 있는 가사와 목소리가 필요했습니다.

'차갑다'라는 문장은 이별의 온도를 드러내기에 가장 적당한 느낌이었어요. 군더더기 없이 깔끔하고 분명한 표현이라는 생각이 들었죠.

이 곡의 가사는 곡을 쓰고 나서 한참 만에야 완성됐습니다. 수정 과정이 길었고 꼼꼼했기 때문이었죠. 겨울밤의 차갑고 쌀쌀한 분위기를 그대로 가사의 벌스 부분에 담아냈습니다.

코트 깃, 두 손, 입김, 한숨. 도입의 느낌만으로도 차가운 겨울밤임을 느낄 수 있죠.

'따뜻했던 모든 게 식어가는 걸 본다'는 부분은 눈앞에서 식어가는 사랑에 대한 나름 시적인 표현이었습니다. 이별을 실시간으로 느끼는 기분을 드러내고 싶었어요. '지나고 나서도 이별은 아프지만 그 순간이 제일 아프고 막연하지 않을까'라는 상상을 해봤거든요. 물론 그 순간엔 그 아픔조차 잘 느끼지 못할 테지만요.

후렴구의 메인 테마에 해당하는 부분을 끝까지 고민했는데, '너 없는 삼백예순다섯 날'이라는 문장과 표현을 찾느라 정말 많은 수정을 거듭했던 기억이 나네요. 일 년을 나타내는 구체적인 기간이지만 365일보다는 왠지 좀 더 긴 느낌이랄까, 그 느낌이 좋아서 그대로 사용했습니다.

이별이라는 감정의 온도와 질감을 최대한 가사에 담기 위해 애썼던 곡이었어요.

가사가 완성되고 나서 제 목소리보다는 아직 청년의 이미지가 있는 목소리가 더 잘 어울릴 거란 생각에 임슬옹에게 노래를 부탁했죠. 다행히 흔쾌히 하겠다고 말해줘서 같이 작업하게 됐고, 무심한 듯 담담하게 부른 임슬옹의 목소리가 무척이나 마음에 들어 고마웠습니다.

두근두근 오늘은

긴 하루가 어디로 지나갔는지
집에 돌아오는 길이 멀기만 했었나요
빈방 안에 들어와 혼자 불을 켜고서
입은 옷 그대로 한참 멍하게 있었나요

시간이 내 편 같지 않아서
이렇게 사는 게 맞는 걸까 싶어서
밤새워 뒤척이다 알람에 놀라 눈을 떴나요

괜찮아질 거예요 너무 맘 쓰지 마요
여기 두근두근 가슴 뛰는 오늘이 놓여 있잖아요
다 좋아질 거예요 그렇게 믿어봐요
아무도 모르죠 지금부터 어떤 멋진 일이 생길지
두근두근 오늘은

다 먹고 사는 일로 그렇고 그런 이야기
친구들 속에 섞여도 여전히 외롭나요

시간은 쏜살같이 흐르죠

나만 뒤처지는 건 아닌가 싶구요

불안은 언제나 꼬리에 꼬리를 물고 오니까

괜찮아질 거예요 너무 맘 쓰지 마요

여기 두근두근 가슴 뛰는 오늘이 놓여 있잖아요

다 좋아질 거예요 그렇게 믿어봐요

아무도 모르죠 지금부터 어떤 멋진 일이 생길지

두근두근 오늘은

그래요 누구도 다르지 않죠

이렇게 오늘 앞에서 꿈을 꿔요

괜찮아질 거예요 너무 맘 쓰지 마요

아직 두근두근 설레는 오늘이 기다리잖아요

다 좋아질 거예요 그렇게 믿어봐요

아무도 모르죠 지금부터 얼마나 근사한 날이 될지

두근두근 오늘은

저는 늘 앨범을 만들 때마다 연애와 사랑, 그리고 이별에 대한 정서들만 가사에 가득 담았던 것 같습니다. 그냥 일상과 삶에 대한, 그래서 누군가에게 힘이 될 만한 가사도 있으면 좋겠다고 생각했지만, 가사라는 게 억지스럽게 끼워 맞추듯 구색을 갖추는 게 가장 별로라고 생각해왔던 터라 정말 하고 싶은 이야기가 있을 때 하자고 마음먹곤 했습니다. 이 곡은 곡을 만들어두고 꽤 오랫동안 가사가 없었습니다. 그러다 문득 '오늘'에 관한 이야기를 써보고 싶다는 생각에 시작한 가사입니다.

　힘들고 고단하지 않은 사람은 하나도 없다고, 다들 불안하고 두렵다고, 하지만 오늘이 있으니까 또 힘껏 살아보자고, 저 자신을 포함한 모두에게 하고 싶던 이야기였습니다. 아무것도 없는 막막한 누군가에게도 '오늘'은 놓여 있으니까요.

녹음하기 직전에 좋아하는 동료 후배 뮤지션들과 함께하면 좋겠다는 생각이 들어서 급하게 연락했는데 다들 고맙게도 참여해주었습니다. 이 노래가 따뜻한 음악이 된 건 함께해준 멋진 뮤지션들 덕분이라고 생각합니다.

세 사람

그 사람 때문에 하루 종일 속상하다는
너를 온종일 달래고 토닥이다
돌아오는 저녁 길 깜깜해진 하늘이 슬퍼
아주 잠깐은 울었는지도 몰라

이제 이만하면 지겨울 때도 됐는데
언제나 그 사람을 보는 너를 바라며 사는 일
그는 니 앞에 나는 니 뒤에
항상 앞만 보는 우리

너는 모르지 너는 모르지
사랑한단 말도 할 수 없는 날
그리 멀지도 가깝지도 않은 곳에
니가 모르는 사랑이 있어

이제 와서 새삼 서글플 일도 아닌데
언제나 너의 곁에 좋은 사람 중 하나였던 나

기쁜 날에도 아픈 날에도

왜 니가 보고 싶은지

너는 모르지 너는 모르지

사랑한단 말도 할 수 없는 날

그리 멀지도 가깝지도 않은 곳에

니가 모르는 사랑이 있어

세 사람이선 할 수 없는 일

처음부터 틀려버린 이야기

누구 하나도 잘못한 거 없는 우리

너를 사랑한 내 잘못이지

너를 사랑한 내 잘못이지

작곡 Shintaro Hagiwara, Sousaku Sasaki / 작사 심현보 / 노래 이기찬

첫사랑이죠

어쩜 우리 어쩜 지금 어쩜 여기 둘이 됐을까요
흐르는 시간 별처럼 많은 사람 속에

내 마음속 내 눈 가득 온통 그대 소복소복 쌓여요
(내 맘 가득 그대 소복소복 쌓여요)
차가운 손끝까지 소리 없이 따뜻해지나 봐

말하지 않아도 우리 마주 본 두 눈에 가득 차 있죠
이젠 그대 아플 때 내가 이마 짚어줄 거예요
겁내지 말아요 우리 꿈처럼 설레는 첫사랑이죠
조심스럽게 또 하루하루 늘 차곡차곡 사랑할게요

그대 얼굴 그 목소리 떠올리면 발그레해지는 맘
(그댈 떠올리면 발그레해지는 맘)
하얗게 얼어 있던 추운 하루 녹아내리나 봐

보이지 않아도 우리 마주 쥔 두 손이 참 따뜻하죠
그대 잠 못 드는 밤 내가 두 볼 감싸줄 거예요

서로를 믿어요 우리 별처럼 반짝일 첫사랑이죠

두근거려도 또 한 발 한 발 좀 더 가까이

반가운 첫눈처럼 나에게 온 그대와 첫 입맞춤을 하고파

들려요 그대 마음 세상엔 우리 둘뿐인가 봐

말하지 않아도 우리 마주 본 두 눈에 가득 차 있죠

이젠 그대 아플 때 내가 이마 짚어줄 거예요

겁내지 말아요 우리 꿈처럼 설레는 첫사랑이죠

조심스럽게 또 하루하루 늘 차곡차곡 사랑할게요

You're my first love

작곡 심현보 / 작사 심현보 · 김윤희 / 노래 아이유 · 나윤권

묘해, 너와 (연애의 발견 O.S.T)

니 생각에 꽤 즐겁고

니 생각에 픽 외로워

이상한 일이야 누굴 좋아한단 건

아무 일도 없는 저녁

집 앞을 걷다 밤공기가 좋아서

뜬금없이 이렇게 니가 보고 싶어

참 묘한 일이야 사랑은

좋아서 그립고 그리워서 외로워져

이게 다 무슨 일일까

내 맘이 내 맘이 아닌 걸

이제 와 어떡해 모든 시간 모든 공간

내 주위엔 온통 너뿐인 것 같아 묘해

보고 싶어 신기하고

신기해서 보고 싶고

그러다 한순간 미친 듯 불안하고

아무렇지도 않은데
햇살에 울컥 눈물이 날 것 같고
그러다가 니 전화 한 통에 다 낫고

참 묘한 일이야 사랑은
아파서 고맙고 고마워서 대견해져
이게 다 무슨 일일까
이 길이 그 길이 아닌걸
모르고 떠나온 여행처럼 낯설지만
그래서 한 번 더 가보고 싶어져 너와

이렇게 너를 바라볼 때
뭐랄까 나는 행복한 채로 두려워져

참 묘한 일이야 사랑은
좋아서 그립고 그리워서 외로워져
이게 다 무슨 일일까
내 맘이 내 맘이 아닌걸

이제 와 어떡해 모든 시간 모든 공간
내 주위엔 온통 너뿐인 것 같아 묘해

그래서 한 번 더 가보고 싶어져 너와

memo

2014년 여름쯤 드라마 「연애의 발견」 O.S.T를 작업하게 됐어요. 워낙 시간이 없었던지라 곡은 그전에 스케치해놓았던 걸 부랴부랴 정리하고 작업해서 마무리했죠. 작업 시간이 상당히 짧았었는데, 타이트하게 일정이 진행되는 드라마 O.S.T의 특성을 감안하더라도 조금 무리한 스케줄이었습니다. 바로 다음 회에 음악이 릴리즈되야 해서 이삼일 후에는 노래 녹음에 들어가야 한다는 제작사의 종용에 단 하루 만에 가사를 완성해야 하는 상황이었습니다.

그래도 급할수록 여유 있게.

늦은 저녁 작업실에서 집에 돌아와 샤워하고, 집 앞에 나가 산책을 했어요. 딸기 우유 하나를 빨대로 홀짝거리며 초여름 밤 공원 벤치에 앉아 꽤 금세 완성한 가사입니다. 막 시작하는 사랑의 복잡 미묘한 감정을 가사로 풀어내고 싶었는데, 어쩐지 그즈음 떠올랐던 '묘해'라는 단어에 매료돼서 기분 좋게 완성했던 기억이 나네요.

드라마에서 배우 정유미와 에릭도 그랬지만, 이제 막 시작하는 사랑이란 건 생각보다 복잡하지 않은가요? 하염없이 설레고 행복하기만 하면 좋겠지만, 사실 연애의 이면을 가만히 들여다보면 행복하기 때문에 불안하고 좋아하기 때문에 두려운 상반된 감정들이 마구 교차하는 자신의 내면을 만나곤 합니다. 말 그대로 묘하죠.

'참 묘한 일이야 사랑은
좋아서 그립고 그리워서 외로워져
이게 다 무슨 일일까'

후렴구의 시작 멜로디에 묘하다는 말을 배치하고 싶었는데 '참 묘해 사랑은'과 '참 묘한 일이야'를 놓고 끝까지 고민했어요. 미세한 차이지만 뉘앙스의 차이 때문에 후자 쪽을 택했네요. d 브릿지 파트에 쓴 '이렇게 너를 바라볼 때 뭐랄까 나는 행복한 채로 두려워져'도 신경을 많이 쓴 문장입니다.

어쿠스틱 콜라보 안다은의 목소리가 곡을 빛내기에 충분히 좋았던 것 같아요. 생각보다 많은 분이 좋아해 주셔서 흐뭇했던 곡이에요.

이를테면 헤어짐 같은

뒤돌아 걷는 너에게

나는 더 할 말이 없고

저 바람 속에 흩어지는 말줄임표

참 조용한 마지막

우린 얼마만큼 사랑했을까

또 얼마나 아파했을까

내가 너에게 했던 말과 니가 나에게 했던 말은

사랑이었을까

다시 돌아올 수 없는

천천히 사라지는 my everything

그런 거 있지 너무 아픈데

아프다는 말이 기억나지 않는 거

바라볼 수밖에 없는

이윽고 부서지는 나의 모든 것

그런 거 있지 너무 아는데

알면서도 믿어지지 않아 슬픈 거

이를테면 헤어짐 같은

우린 얼마만큼 사랑했을까 또 얼마나 아파했을까

어디부터 어디까지 언제부터 언제까지

사랑이었을까

다시 돌아올 수 없는

천천히 사라지는 my everything

그런 거 있지 너무 아픈데

아프다는 말이 기억나지 않는 거

바라볼 수밖에 없는

이윽고 부서지는 나의 모든 것

그런 거 있지 너무 아는데

알면서도 믿어지지 않아 슬픈 거

이를테면 헤어짐 같은

흩어져가는 것

사라져가는 것

이를테면 이 사랑 같은

다시 돌아올 수 없는

천천히 사라지는 my everything

그런 거 있지 너무 아픈데

아프다는 말이 기억나지 않는 거

바라볼 수밖에 없는

이윽고 부서지는 나의 모든 것

그런 거 있지 너무 아는데

알면서도 믿어지지 않아 슬픈 거

이를테면 헤어짐 같은

'내가 너에게 했던 말과 네가 나에게 했던 말은 사랑이었을까?'

이 쓸쓸한 질문으로 시작했던 가사입니다. 템포감 있는 브릿 팝 계열의 록이었는데 슬픔의 정서와는 조금 다른 쓸쓸한 이별 이야기를 쓰고 싶었거든요. 이를테면 헤어짐 같은이라는 제목부터 가사 한 줄 한 줄 쓸쓸하고 조용한 이별을 풀어내려고 노력했어요.

사라진다는 건 생각보다 조용한 일이니까요.

우린 얼마만큼 사랑했을까
또 얼마나 아파했을까
내가 너에게 했던 말과 니가 나에게 했던 말은

사랑이었을까

너에게 닿기를

너에게 너에게 너에게 닿기를
보고 싶은 내 맘이 안고 싶은 내 맘이
더는 내 것이 아닌 내 맘이

너에게 너에게 너에게 닿기를
이 짧은 노래를 타고 내 작은 목소릴 타고
잠깐이라도 너에게 닿기를

오 얼마나 얼마나 얼마나 좋을까
바람이 귓가에 닿을 때처럼 우리 만나지면
오 사랑은 사랑은 이토록 간절한 이끌림
달빛이 내 어깨에 닿을 때처럼 우리 우리 만나진다면

너에게 제발 너에게 너에게 닿기를
이 짧은 노래를 타고 내 작은 목소릴 타고
잠깐이라도 너에게 닿기를

오 얼마나 얼마나 얼마나 좋을까

바람이 귓가에 닿을 때처럼 우리 만나지면

오 사랑은 사랑은 이토록 간절한 이끌림

달빛이 내 어깨에 닿을 때처럼 우리 우리 만나진다면

오 너에게 너에게 너에게 닿기를

나뭇잎 사이로 참 따뜻한 햇살이 내리듯

오 사랑은 사랑은 언제나 애달픈 이야기

결국 봄이 오고 아침이 오듯 사랑 사랑도 그랬으면

그러던 어느 날

그러던 어느 날 사랑이 찾아오고
결국 그러던 어느 날 이별을 만나고
한땐 전부였던 그 사람을 잃고도
삶은 계속된다는 걸 또 어느 날 깨닫고

살아가는 일 또 사랑하는 일
늘 내 맘 같지 않은 비밀과 같아
귓가를 스친 바람 한 조각도
어디로 향하는지 모르는 일

어쩌면 우리 어쩌면 우리 한 번쯤은 스쳐 지날까
살아가다 살아가다 그러던 어느 날엔가
사랑 하나로 사랑 하나로 반짝이던 날이었다고
웃음 지으며 짧은 인사할 수 있을까

그러던 어느 날 봄이 날 찾아오듯
아무 준비 없이 나는 누군갈 만나고
그러던 어느 날 봄을 떠나보내듯

아무 준비 없이 나는 그 사람을 보내고

기억하는 일 또 잊어가는 일
늘 내 뜻 같지 않은 이야기 같아
어깨에 내린 달빛 한 조각도
어디서 오는 건지 알 수 없는 일

어쩌다 우리 어쩌다 우리 그렇게도 사랑했을까
다시 올까 다시 올까 그러던 어느 날쯤엔
그 사람이면 그 사람이면 아무것도 필요 없었던
그런 날이 아직 기다리고 있을까

그래야 했을까 그래야 했을까 가끔씩 나에게 묻곤 해
그러던 어느 날 또 이유도 모를 눈물이 흘러내릴까

여전히 아늑해

벌써 새 계절
어느 사이 싸늘해진 밤공기
어떠니 건강히 지내니
집 앞을 걷다 또 네 생각이 나

아파야 맞는 건데
사람 맘이 신기하지
이렇게 널 떠올릴 때마다
난 말이야 아픈 채로 참 반가워

날 바라보던 너 가만히 내 이야기를 듣던 너 그러다 활짝 웃던 너
한순간도 놓치기 싫은 너의 기억 위에 나를 기대본다
숨 쉬듯 익숙해 오래된 소파에 온몸을 맡긴 것처럼
너를 생각하면 여전히 아늑해

문득 궁금해져

너도 가끔 내 생각이 나는지

그럴 땐 어떤 표정일지

별것도 아닌 시시한 생각들

잊어야 좋을 텐데

사람 맘이 이상하지

이렇게 너를 떠올릴 때면

정말 다 잊혀질까 봐 겁이 나

날 매만지던 너 가볍게 나에게 안기던 너 어느새 눈을 감던 너

어느 것도 버리기 힘든 우리 시간들이 나를 감싸온다

그걸로 따스해 담요처럼 포근한 그때 그곳 우리 둘

너를 간직하는 일이 내겐 지우는 일보다 늘 쉬워서

한순간도 널 잊지 못하는 나

숨 쉬듯 익숙해 사랑했던 기억에 나를 맡길 때마다

여전히 아늑해 아늑해서 아파

작곡 성시경 / 작사 심현보 / 노래 규현

memo

아늑하다는 말은 참 아늑해요. 아늑하다는 말 말고 다른 말로는 도무지 형언할 수 없는 느낌이랄까요. 다른 말로는 대체될 수 없는 이런 말들은 참 매력적이죠.

규현의 앨범에 참여하게 됐을 때 어떤 질감의 단어나 문장이 규현과 잘 어울릴까 한참 동안 고민했어요. 성시경이 쓴 곡을 여러 번 들으며 어울리는 말의 톤이나 분위기를 궁리했는데 그때 떠오른 문장이 '여전히 아늑해'였죠.

그 사람은 없지만 그 사람의 온기나 그 사람이 전해주던 아늑함은 그대로 남아있는 상태. 이별이 슬픈 이유는 그런 것 때문이 아닐까 싶었죠.

때마침 가을에서 겨울로 넘어가는 시기였고 멜로디의 분위기나 규현의 목소리는 따스하고 포근한 느낌이었어요. 소파나 담요 같은 소재들은 그런 아늑하고 포근한 질감을 살리기 위한 소재들로 사용했는데 역시나 규현의 목소리와 잘 어울렸습니다. 엔딩에 사용된 '여전히 아늑해 아늑해서 아파'라는 문장에 헤어진 후 느끼는 복합적인 감정을 담아내려 했어요.

　앨범이 나온 그해 가을과 겨우내 참 많이 들었던 곡이에요. 멜로디와 목소리가 너무 좋아서 가끔은 제가 쓴 가사라는 걸 잊고 들었던 것 같아요. 그냥 팬으로 말이죠.

황사

먼지가 많았던 봄날
난 당신 생각이 났다
유리 창틀 위에도 낡은 내 차 위에도
온통 먼지뿐이던 날

생각이 많았던 그날
난 당신이 그리웠다
먼지 탓이었을까 잠시 눈을 비비니
눈물이 묻어나왔다

두 눈 속도 마음속도
온통 다 온통 다 아프게 서걱거렸다

당신이다 온 세상이
당신이다 온 시간이
당신이다 저 공기 속을 가득 메운 저것들
쌓여간다 끝도 없이 당신은 내 안에

바람이 많았던 봄날
난 당신 생각이 났다
얇은 겉옷 틈새로 마른 내 맘 틈새로
종일 바람뿐이던 날

기억이 많았던 그날
난 당신이 보고팠다
바람 탓이었을까 잠시 눈을 비비니
당신이 묻어나왔다

두 눈 속도 마음속도
온통 다 온통 다 아프게 서걱거렸다

당신이다 온 세상이
당신이다 온 시간이
당신이다 저 공기 속을 가득 메운 저것들
쌓여간다 끝도 없이 당신은 내 안에

당신이다 온 세상이
당신이다 온 시간이
당신이다 저 공기 속을 가득 메운 저것들
쌓여간다 끝도 없이 당신은 내 안에
끝도 없이 당신은 내 안에

몇 해 전 봄, 황사와 미세먼지가 심했던 어느 날 이 곡의 멜로디와 가사를 스케치했던 것 같아요. '그리움이라는 걸 쪼개고 쪼개서 입자 단위까지 만들고 나면 아마도 저 먼지 같겠구나' '누군가가 정말로 그립고 그리우면 저 공기 속을 가득 메운 입자 하나하나가 다 그 사람 같겠구나'라는 생각을 하면서 말이죠.

가사 쓰고 곡 쓰는 일이 대부분 그렇게 쓸데없고 자질구레한 생각에서 출발하는 경우가 많더군요. 가끔 가사 전체를 시 쓰는 기분으로 완성하게 될 때가 있는데 이 곡이 그랬습니다.

쓸쓸하고 뿌연 그리움의 대상이 돼버린 사람. 서걱거리고 메마른, 파릇하고 싱그러운 봄의 뒷면 같은 이별. 그런 것들이 이 가사 전체의 이미지였어요.

'당신이다 온 세상이 당신이다 온 시간이

당신이다 저 공기 속을 가득 메운 저것들

쌓여간다 끝도 없이 당신은 내 안에'

후렴구의 감정 몰입이 어려워서 여러 번 거듭해서 녹음하고 수정했던 곡입니다. 봄에는 파릇하고 발랄한 가사와 음악이 많지만, 이런 봄도 있는 거니까요.

잠이 드는 일이 마치
깨어나는 일이 마치
처음처럼 낯선 기분
그대도 그런 적 있나요

괜찮냐는 친구 전화에 그만
선 채로 울음이 터져서

하염없이 밉다가 못 견디게 보고파
하루에도 몇 번씩 그댈
또 밀어내고 다시 끌어안죠
이별이 원래 이런가요

숨을 쉬는 일이 문득
물을 마시는 게 문득
아무 의미 없는 기분
그대도 그런 적 있나요

사랑했던 모든 순간이 정말

다 있었던 일 맞나 싶어서

미워하는 마음 반 보고 싶은 마음 반

잊고 싶은 마음 반 어쩜

다 잊혀질까 두려운 마음 반

이별이 원래 이런가요

이렇게 하염없이 믿다가 못 견디게 보고파

하루에도 몇 번씩 그댈

또 밀어내고 다시 끌어안죠

이별이 원래 이런가요

그대도 그런 적 있나요

이 곡의 가이드데모곡을 처음 들었을 때 김현철 특유의 정제되고 깔끔한 멜로디 라인이 정말 좋았어요. 어릴 때부터 쭉 김현철의 팬으로 지내왔지만 이 곡은 특히나 그만의 발라드를 맘껏 느낄 수 있는 곡이었죠. 심지어 노래는 다비치*Davichi*가 부른다고 했으니, 가사를 정말 잘 써야겠다고 생각했어요.

발라드치고는 멜로디의 분량이 많지 않아서 핵심이 되는 문장을 잘 찾아야 했는데 '그런 적 있나요'는 곡의 멜로디를 들으며 흥얼거리다 자연스레 찾게 된 문장이었습니다.

다비치는 강민경과 이해리의 목소리나 역량이 속삭이는 감정 표현과 폭발적인 가창 모두를 잘 소화할 수 있는 팀이었기 때문에 그 밸런스를 잘 잡는 게 중요했어요. 특히나 1절 벌스 '괜찮냐는 친구 전화에 그만 선 채로 울음이 터져서'는 이별 후에 느껴지는 감정의 복받침을 짧게 잘 축약해보려고 애쓴 부분이에요.

전화기를 들고 서 있다가 따뜻한 친구의 한마디에 앉지도 못하고

선 채로 울음이 터지는 순간, "그대도 그런 적 있나요?"라고 청자에게 묻는 듯한 화법이 이 가사의 포인트가 아닐까 싶어요.

이별의 정서라는 게 참으로 다양해서 매번 쓸 때마다 그 감정의 디테일을 찾아내는 과정이 어렵고도 재밌어요. 가사 쓰는 일의 묘미라고 생각합니다.

다비치 두 멤버의 가창과 김현철의 곡이 부족한 가사를 살려준 노래입니다.

다정하게, 안녕히(「구르미 그린 달빛」 O.S.T)

얼핏 스치는 니 생각에도

많은 밤들을 뒤척일 텐데

괜찮다 말하기엔 괜찮지가 않은 나

그래서 오늘도 미안

근데 말야 정말

내게서 널 빼면 그게

나이긴 나인 걸까

니가 없는 낮과 밤이 끝없이 이어진다잖아

너라는 공기도 없이 숨 쉬란 거잖아

분명하게 반짝거리던 사랑

니 모든 것들이 흩어진다 아프지만 안녕히

언뜻 니 웃음이 떠오르면

오래 아무것도 못 할 텐데

시간은 고여 있고 니 어깨 위엔 달빛

그렇게 멈춘 우리 둘

근데 말야 나는
너의 세상 밖에서는
하루도 자신이 없는걸

니가 없는 낮과 밤이 끝없이 이어진다잖아
너라는 위로도 없이 견디란 거잖아
선명하게 새겨져 있던 사랑 내 모든 것들이
부서진다 사라진다 아프지만 다정하게 안녕히

내게서 널 빼면 내가 아닌 거잖아
분명하게 반짝거리던 우리의 모든 것들이
흩어진다 나의 사랑 늘 안녕하길

'어떻게 건네는 마지막 인사가 가장 아프고 아리게 기억될 것인가.'

이 곡의 가사를 쓸 즈음 빠져있던 생각이었어요. 헤어지고 싶지 않지만 서로를 위해 헤어져야 할 때, 돌이킬 수 없는 이별의 순간 앞에서 어떤 인사를 건넬 수 있을까요.

'안녕히'라는 작별의 인사 앞에 '다정하게'를 붙이니 문장의 뉘앙스가 한결 저릿하게 느껴졌습니다. 최대한 다정하게, 최대한 애정 어린 목소리로 두 사람이 이별하는 순간을 상상하며 쓴 가사였는데 성시경의 목소리는 역시나 다정했습니다.

세자 저하 박보검과 내관 김유정의 애틋한 이별 장면에 이 노래가 들리던 순간이 기억나네요. 상상과 크게 다르지 않아서 기뻤죠.

'근데 말야 정말
내게서 널 빼면 그게
나이긴 나인 걸까'

두 번째 벌스 파트의 멜로디 분량이 적어서 후렴구로 진행하기 전에 임팩트 있는 감정의 전달이 필요했는데 이 문장을 쓰고 나서 한시름 던 기분이 들었습니다. '내 존재의 의미조차 너'로 설명하는 사랑을 쓰고 나니 나머지는 한결 수월해졌죠.

'니가 없는 낮과 밤이
끝없이 이어진다잖아'
후렴구에서 성시경의 보컬은 힘 있고 호소력 있게 탈바꿈합니다. 녹음실에서 후렴 첫 부분을 듣고는 '됐다' 싶었어요.
드라마의 인기만큼 많은 분이 좋아해 주셨던 곡입니다.

이 순간을 믿을게 (「학교 2017」 O.S.T)

지금 이 순간을 믿어볼게 난

가끔 자신 없고 불안하지만

네가 내 맘에 들어온 것처럼

멋진 일이 일어날 거야 그래 기대해

눈부신 햇살 속에서 네가 웃던 그 순간

너라는 중력에 끌려 빠져들었어 나

come come 다가오는

굉장한 내일 안녕 미래의 나

꿈꿔왔던 모든 일들이 하나둘 이뤄질 거야

이 느낌 이 순간 모두 믿을게

좋은 사람이 되고 싶어

뭐든 너에게 해줄 수 있도록

아직 일어나지 않은 기적들

all right 기대하고 있을게 잘 해낼 거야 너와 나

쿵쿵 심장 소리를 따라

꿈을 향해 가고 있어

아직은 좀 부족하지만 지금도 자라고 있어

오늘 난 내일의 나를 응원해

멋진 사람이 되고 싶어

항상 너를 지켜줄 수 있도록

반짝이는 별빛처럼 분명한 U & I

all right 잘 해낼 수 있잖아 그래 조금만 힘을 내

가끔 자신 없고 불안하지만

네가 내 맘에 들어온 것처럼

멋진 일이 일어날 거야

이 순간을 믿을게 그래 기대해

작곡 최민창 / 작사 심현보 / 노래 구구단

개인적으로 가사 쓰는 일이 참으로 신기하고 재미있을 때가 다른 성별, 다른 세대의 이야기를 쓸 때예요.

이 곡은 「학교 2017」의 O.S.T 작업이었어요. 경쾌하고 발랄한 느낌의 곡이었고 학원 드라마의 특성상 고등학생의 관심사나 감정을 가사로 끌어내야 하는 작업이었습니다. 설렘과 꿈이라는 두 가지 주제를 테마로 잡았고 이 순간을 믿을게라는 제목으로 구체화했어요. 아직 초록이 무성한 여름 내내 드라마에 이 곡이 깔릴 때마다 왠지 푸릇했던 학창시절로 돌아가는 느낌이 들었죠.

'쿵쿵 심장 소리를 따라 꿈을 향해 가고 있어'

'좋은 사람이 되고 싶어 뭐든 너에게 해줄 수 있도록'

각자의 꿈을 향해 달려가는 청춘의 이야기가 구구단의 목소리와 잘 어울렸어요. 극 중 좌충우돌하는 김세정의 예쁘고 귀여운 캐릭터와 잘 맞아서 드라마를 보는 내내 기분이 좋았습니다.

결국

봄이 오고

아침이 오듯

사랑

사랑도 그랬으면

나의 밤 나의 너

적당히 잘 지내고 적당히 아파
아무렇지도 않다면 거짓말이잖아
니 생각에 또 잠 못 드는 오늘 같은 밤
집 앞을 오래 걸어

널 바라보던 난 아직 여기 있는데
내게 안기던 넌 이제 여기 없단 게
슬프기보단 서운하고 쓸쓸해져서
문득 밤하늘을 봐

그리운 것은 다 저만치 별이 됐나
안녕 나의 밤 나의 너

계절은 어디로 흐르고 있을까
오 이 밤 holding on to you 이 밤 holding on to you
별을 이으면 별자리가 되잖아
우리 추억을 이으면 다시 언젠가 사랑이 될까

길 건너 나를 향해서 손을 흔들던

별것도 아닌 얘기에 환하게 웃던

순간순간의 니가 얼마나 예뻤는지

아마 넌 모를 거야

소중한 것은 저 하늘의 별이 됐나

안녕 나의 밤 나의 너

시간은 어디로 흐르고 있을까

오 이 밤 holding on to you 이 밤 holding on to you

너를 지우면 나도 없는 거잖아

오 나의 너를 지우면 별도 없는 밤 나 혼자잖아

난 every day 또 every night 널 생각해

난 왜 이리 또 왜 이리 널 바랄까

넌 마치 숨 쉬듯 말야 낮과 밤

나의 안과 밖에 가득한걸

시간은 어디로 흐르고 있을까

오 이 밤 holding on to you 이 밤 holding on to you

계절은 너에게 흐르고 있는 걸까

오 이 밤 holding on to you 이 밤 holding on to you

별을 이으면 별자리가 되잖아

우리 추억을 이으면 다시 언젠가 사랑이 될까

작곡 Albi Albertsson / 작사 심현보 / 노래 성시경

작사가의 노트

펴낸날	초판 1쇄 2017년 11월 27일
	초판 4쇄 2021년 10월 5일

지은이	심현보
펴낸이	심만수
펴낸곳	(주)살림출판사
출판등록	1989년 11월 1일 제9-210호

주소	경기도 파주시 광인사길 30
전화	031-955-1350　　팩스 031-624-1356
홈페이지	http://www.sallimbooks.com
이메일	book@sallimbooks.com

ISBN　978-89-522-3811-5　03810